까치는 안다

임이여 떠나지 마오

까치는 안다

/ 조영두 지음 /

좋은땅

삶의 길목에서 쓴 시 140여 편

처음으로 『가야 할 곳이기에』를 2021년 1월 12일 출간하고 비로소 2집 『까치는 안다』를 출판하게 되었습니다.

나도, 누구도 가늠하지 않고 좋은 눈으로, 좋은 마음으로 아픔과 기쁨, 인간의 본성, 애증을 그려 보려고 사실들에 비유하여 시를 썼습니다.

고답적(高踏的)인 관념보다는 사실을 보고 느낀 생각과, 형상과 사유를 통해 깨달은 것으로 시를 썼습니다.

비록 넉넉지 못한 시일지라도 감동 있게 읽어 주실 독자님과 칭찬하여 주신 이광녕 문학박사님께 감사의 말씀 드립니다. 저를 인도해 주신 시인 오점록 님, 삽화를 그려 주신 일러스트 이진형 님 감사드립니다.

좋은 책을 만들어 주신 좋은땅 출판사 고맙습니다.

따스한 봄날 조영두 씁니다

오는 봄

봄이 올 것 같네요
그대 가는 길이
꽃길이 될 것도 같네요

눈이 마주쳐도
손이 부끄러워해도
봄은 올 거랍니다
그대의 따뜻한 마음으로
봄이 온다고 합니다

임이시여

어찌하여 가시렵니까
사랑으로 만난 임이시여
소중한 마음 묻어 버린
덧없는 헛수고
나는 누구랑 삽니까

그동안
내 마음에 흉터 남겨 주시고
가신다니
떠나는 부둣가 파도 소리 매정하고
갈매기 울음소리도 슬픕니다
약속은 미소로 지워졌기에
기다려 봅니다

아픈 몸 서러운 몸
남쪽 나라 십자성 빛나는
이 섬을 떠날 수가 없습니다

애중의 세월을
망각의 시간으로 채워 주시고

그림자만 남겨 놓고
떠나는 임이시여!

탈출

차가운 별빛이
그대
가슴에 떨어질 때
태평양 바닷물 속에 조용한 물보라 칠 때
나는 하늘을 날아가고 있다

행선지가 없어진 겨울을 헤매는 뱀처럼
어느 무인도에 내렸다
비웃는 숲과 나무
친구 삼아 며칠을 살아 보고
하얀 은빛 모래 한 줌 주머니에 담아
세상에 선물하려고
그곳을 떠났다

남극으로 헤엄쳐 건너갔다
돌고래가 태워 줬다
펭귄이 업어 주더니
돌덩이 얼음 펭귄이 되어 버렸다
얼마나 슬픈지 울다가 잠들었다

잠자리가 나를 업고
울타리도 없는 우리 집 고향 마당에
덩그렇게 놓고 떠났다

그 사람

가을이면 찾아가는 그곳에
그 사람
가을이면 우는 풀벌레 소리 따라가는 그곳에
그 사람
가을이면 찾아오던, 그리고 떠난
그 사람
낙엽이 날리는 날에 찾아와 주는
그 사람
추워서 나뭇가지 울 때 뒤돌아서는
그 사람
이제는 찾지 말아야 할
그 사람

봄이 온다고 오겠는가
가을이면
찾아볼 사람
찾아갈 사람
기다리지 않는다

가을이면 찾아갈 곳이 그래도 있다

그 사람
잠자는 곳에

오뚜기의 갈망

오후 늦은 시원한 가을바람 불어 살 속에 스며드니 사르르
감도는 행복감
오래 살기를 잘했다

서쪽 하늘에 간 태양은 황혼인지 모르고 있을 거다
긴 그림자
남기고 갈 거면 조금은 천천히 갈 일이지!

인연의 모습

뒷모습은 멀리서 바라봄에 아름답고
앞모습은 가까이서 봄에 정겨워

뒷모습은 가슴에 담고
앞모습은 눈 안에 남아

가는 뒷모습 보는 사람
사랑하는 마음
뒤돌아보는 마음
미련이 남아 있는 사람

사랑은 아름다워
가는 길 애처롭고
돌아보는
애절한 아쉬움 버리지 못해
기다려야 하는데

꽃은 지고 나면 모습이 없어 멀어지고
봄은 앞모습만 보고 날(日)만 가더라

세월에 익은 모습들

다 모아서 오늘을 불태우니 재만 남았네

징검다리

마주하는 동네 사이
물 위에 또 있는 듯
개울물 건너는 돌다리 징검다리
정겹게도 가지런히
물은 돌못 사이로 굽이쳐 흐르고
이끼 낀 바위 아래
물고기 오가기에 건너편 언덕바지에서
내 얼굴 그림자가
미소 짓는
물고기와 놀아 보니
뜻 없이 웃어 보이는 아버지의 얼굴

그 얼마나 아버지 오갔을까

저 멀리 흰 구름 타고 가려고 했지만
이제는
지나온 길 뒤 돌아보며
아버지의 사랑과 슬픔

징검다리 건너던 아버지 그리워

개울가 주저앉아

아버지 되어 빈 잔에 따르는 술은

세월에 무딘 한숨만 빈 잔을 채운다

친구야 같이 놀자

친구야 벌써 가려고
조금 더 같이 놀자
알지
생된장 풋고추 식은 보리밥
생각나

우리 양지쪽 언덕 밑에
웅크리고 놀았지!
노란 민들레꽃 만지며
여자 친구 울리는 장난꾸러기

친구야 조금만 더 같이 놀자
할 말이 너무 많아
해는 중천에 떠 있는데

우리 무교동 낙지 골목 알잖니
한번 먹으러 갈까

친구야 조금만 더 같이 놀자
나는 너무 외로워

떠나면 못 만나
우리 해변에서 물놀이하고
씨름하고 좋았지!
생선구이 소주 한 잔
우리 한번 가 볼까?
친구야 울지 마
못 가도 괜찮아
우리 사진 찍은 거 있지 않니

친구야 왜 자꾸 가려고 그래
가지 마
종로3가 뒷골목 알잖니
연인들의 등불이 빛나는 곳
기억나
가로등은 외로워 울고

왜 가려고 해
우리 술 먹고 싸우기도 했지
웃으며 살았지!
가로수 부둥켜안고 노래 부르고

친구야 왜 가는 거야

가지 마! 멋쟁이 친구야

왜 그래

간다고

응, 가야 할 곳으로 갈 거야

전화기 고장 났으니 그리 알아

잘 가겠지

상한 마음 버려

친구야 정말 사랑한다

험한 길 조심하고

무서우면 돌아가고

나 울지 않을게

눈물마저 말리고 떠난 친구여

봄소식

봄이 오면

봄이 될 때

버들강아지 지그시 감은 눈으로
살며시 살피고
개울물
얼음 녹은 구멍 아래
개구리
숨소리 들리니
봄은 오는구나
했다

찬바람 끝자락에
철없는 높새바람 불더니
눈발이 날리고
봄은 아닌가 보다 시절의 망설임에
저편 언덕
홍매화가 꽃망울 살며시 터뜨리며
할 수 없이 봄은 올 거야!

소리치며
웃어 준다

밤이 내리니

타고 온 수많은 시간
깔고
잠들어야 하는
이 밤
바람도 잠든 고요함이
산마루 저편 풀벌레 우는 소리에
서글퍼지고

불 꺼진 가슴
차가운 미련만
아득하게 들려오는 속삭임의 끝자락에서
아픈 아쉬움에
식어 버린 청춘의 열망 가득한 후회가
밤이 내리니
잠들지 못하고

은하수 따라가고 싶어
깜깜한 밤하늘 별빛에 기대여 눈망울을 태워 보내지만
멀어진 희미한 불빛이
등 넘어 산자락에 추락하고 만다

정마저 떠나가 버린 빈터
애처로움을 던져 버리고
아른거리는 기억을
잊으려 애쓰는 가엾은 나여

술 취한 거리에
열망이 흐르는 곳에서
섞여 가려고
꿈 마차 타고 온 지
어느새
이제
비어 있는 하늘 아래
밤이 내리니

이 밤
삶과 죽음과 사랑은 선악을 가르는 것이 아니기에
꿈도 꿈에 잠들고
조각달이 질 때 울타리 안에 들어가
사라진 인연을 그리며 덮지 않고 지새련다

그림자

그림자가 지워졌기에
올 수 없는 사람

잊어버리고
열정의 뜨거운 가슴 떠나 버린
허상
하도 애태우다가
자신에게 돌을 던졌다

못난 놈
원숭이가 웃는다
나도 웃었다
풀 뜯던 소가 옆눈으로 웃는다
그래도
그 그림자를 사랑한다

해가 뜨면 그 그림자가 있고
해가 지면 그 그림자는 없고
그림자가 영원히 사라진다면
그림자가 영원히 있어 준다면

선택의 힘이 없어질 것이다
그림자에 묻혀 살지 않을 것이다

그리운 마음일망정 있어야지
정마저 그늘진다면 어떡하나
아직도
눈동자에 지워지지 않는 슬픈 그림자
그리워도
그을린 지난날 흘러보냈으니
지금은
미소 짓는 그림자를 보고 싶다

훗날

떠날 때 슬퍼하는 것은
아쉬움에서
떠날 때 웃고 떠난 것은
울고 싶어서
그래서
슬픈 것
웃는 것
다 잊어버리고 사는데

들풀을 밟고 오더니
달은 밝고 별빛은 반짝인다고 하고서
보이지 않는다

너는 내 손을 놓아도
나는 네 손을 안다
먼 훗날 피부가죽이 뼈만 싸 들고 다니다 보면
거기에 그려져 있어 보이니
그때서야 울 거야

바다 저편 당신

당신 이름은 여보였고
여보 이름은 당신
그리던 인연 못 잊어

바다 건너 가 버린 당신
노을 진 해변에
서서
먼 바다 푸른 물결 바라보니
간직했던 우리들의 영혼의 무늬가
바닷물에
구르고 넘고 밀려 왔다가
가냘픈 물결 되어
하얀 거품 남기고
왔던 길 되돌아가 버립니다

바다 건너 저편에 당신이라는 이름
들려오는 소식 없어서
그리운 마음 담아
파도에 실려 보냈지만
철썩거리는 파도 소리뿐이고

이 하늘 아래

당신이 나에게 던지진 외로움

사랑의 깨달음으로 알고

내 마음 그려 보고

이 마음 전하고파

모래 위에 남긴 그 글씨

참으로 간절한데

그마저 지워진 빈자리

서녘 하늘에 노을만이 아름답습니다

빗물의 연유(緣由)

비가 내리면
빗물이 된다
나뭇잎에 떨어지면 물방울
강 위에 떨어지면 강물
레인코트에 떨어지는 빗물은 가면서 흐른다
얼굴에 떨어지면 눈물이 되고,

그 빗물이
아까는 서운했지만
레인코트 여인
모자를 젖히고
빗물을 얼굴에 적시며 떠난다
시방은 빗물이 아름다운 인연이 되었다

기로(岐路)

케이티엑스 열차가 쏜살같이 잔혹하게 지나간다
머리카락이 어디로 향하지 못하고 그냥 날린다
달리는 상자 안은 수많은 생각이 가득하다
차창 밖도
차창 안도 조용하다
어제 떠난 정거장이 종착역이다
가을비가 내린다
차갑고 비겁하게 내린다

노란 스카프 여인을 따라다니던 남자
빗물에 떠내려온 노란 단풍잎을 모으고 있다
신물이 나는지 떠났다

인연은 항상 미완성이다

그 여인도
떠내려온 노란 단풍잎을 주워 모으다가
비겁한 가을비에 젖어 차가운 울음을 터뜨린다

은행나무 고목 아래서 안아 준 사람

입술과 입술 사이에 노란 단풍잎이 쏟아져 가로막았다

헤집어 놓은 약속에
그 여인은 종착역에서 울고 있다
따라온 강아지 초롱이는 차갑고 비겁한 비를 맞으며
차마 보기 싫어 혼자 떠난다
강아지 초롱이는 열차를 잘못 타고 어제 떠난 정거장에서 내렸다
그 남자에게 안겼다
강아지는 말을 하지 못한다

화해

해변으로
분노한 파도가 아무리 세차게 밀려와도
해변에 다다르면 하얀 물거품 남기고 돌아간다
그 자국은 아름답기도 하고
그 남긴 손길이 곱기도 하다

하늘을 바라보는 마음

진초록 잔디 위에 누워서
파란 하늘 바라보는 마음
해가 하나 있고
또 하나 하얀 반달
목화송이 구름은 점점이 떠 있고
높고 높은 하늘나라
조물주가 사는 행복한 나라

좋아하는 것
시기하는 것
거북한 것
부담스러워하는 것
앞에도 뒤에도
이쪽도 저쪽도
아무것도 없다
오직 푸르른 하늘만이 보인다

저 푸른 하늘을 바라보는 마음으로
한가롭게 살고 싶다

봄비가 오는 사연

대지가 목말라 애태울 때
땅 밑 생명이 인연을 기다릴 때
내가 봄비를 기다릴 때
벚꽃이 필 때쯤
잊혔다가 생각나는 사람 보고플 때
봄비가 조용히 내린다
강물 위에 빗물 자국 만들고
촉촉이 내린다

봄꽃이 피어나서
내리는 봄비는 꽃잎을 깨끗이 씻어 주니
날 좋은 날 벌 나비 여보를 만나러 갈 거다
산야의 들풀들은 하늘을 바라보며 웃는 소리가 들린다

농부들은 젖은 옷이 정겨운 듯 논밭에 바쁘고
모든 것에 축복을 내리는 봄비다

그리운 사람들 만나러 가는 길에
봄비가 내리니
마른 손 내밀어 빗물에 적셔 보고

하루하루 가슴속에 쌓인 상념 시원하게 씻어 준다

봄비는 누구의 가슴에도
봄비는 누구의 땅에도

바램의 사연을 간직하고 거짓 없이 내린다

그들에게

뒷골목 주점
막걸리 잔 부딪치는 둔탁한 소리
살롱에서
크리스털 잔에 포도주가 출렁거리며
땡그랑 소리
한 사람 정에 기쁘고
한 사람 향기에 웃는다

세상살이 살다 보면
결국은 다 같은 술이다
서로가
소중한 것은 잊히지 않으니
간직해야 한다

정이란 만들어지는 것이 아니야
쌓이는 것

하늘 아래 한 지붕 밑에 살면서
폭풍 설한 광야에서도 살 수 있는
나무 한 그루 심어 놓고

그 그늘에서 따뜻한 가슴 안고 살려고 한단다

갸륵한 사람들의
우정이란 꿈

가슴속에 새겨진
인생의 가치는 하얀 옷과 까만 옷이 아니다
차라리 벗어라
깨끗하게 벗어라
그들에게 인생의 앞뒤를 전하고 싶다

까치는 안다

먼 길을 기웃거리며 왔는데
해가 저물면 서성거린다
까치 한 마리가 창문에 기대어 운다
해가 밝으면 가겠다고
발톱으로 긁는다

나는 모른다
어둠이 내리면
왜 외로워지는지 모른다
내가 착각할 수도 있다

울면서 내린 비를 맞으며
살아서 서쪽으로 가는 길 같이 가자고 한다

세상 구경만 하고 아무것도 해 놓은 것이 없는데
그건 까치도 안다고 한다
노을 진 석양에 바라본 허공
늦게까지 이어진 생은
서쪽까지 더듬더듬 걸었다

산사에 종소리 아련히 울려오고
솔가지 타는 내음 향수에 기대어
원점이 그리워 내가 울고 있는가

갈대숲이 세찬 바람에 울어도
까치가 울지 않고 따라왔기에
나는 해 질 녘 아름다운 하늘 아래 서 있으련다

옛정은 떠나고

탱자나무 울타리 사이로 살며시 엿보고
가슴 안고 돌아선 그 사람
넋이 살아서
사랑의 그림자가
그리움으로

산기슭에 핀 춘란 향기는 애처로움을
나의 가슴에 담아서
슬픈 사랑으로 엮어 놓고
정은 휘파람 소리에 비를 맞으며
우주로 떠나 버렸다

눈송이 내릴 때
너의 마음 섞어서 보내 주니
아쉬웁고
들풀 사이에도 소중한 정은 있단다
그도 비바람 우짖는 소리에 눈물을 흘린다

너와 나 미련이
바람이 끌고 온 바스락 소리에도

낙조의 황홀한 아름다움을 바라보며
오래된 정은 지우고 행복하게 살련다

마음의 창

당신이 왔다가 떠났기에
시간이 흘러가도 공간은 남아 있어
이것저것 흐트러진 마음
바람결에 묻혀 어디론가 가 버리고
잊지 못할 사람들의 얼굴조차
왜인지 몰라도
알고도 모른 체해야 했나

밤새도록 켜 놓은 촛불은
당신을 위해
마음을 녹여 불빛을 밝혔지만
녹아내린 눈물만 가득하다

어제 같던 많은 것들은
만지려 해도 부서져 흩어지고
흔적이 없다

밤새도록 내리는 밤비에
모든 것 앗아 가 버린
텅 빈 마음

아련히 남은 기억 속에서
망각의 세계로 가고 싶어
애쓰지만
잊히지 않은 것들이
잠들지 못하게 한다

허공에 헤매는 그대 마음의 창
보이지 않아
숨 쉬는 창문을 열어라 외치지만
마음은 진화하지 못한다
당신의 마음이 보이는 창문을 열어 다오
두 손 모아 기도한다

사랑의 장애

사랑이란 거 잃어버렸습니다

하룻밤 쉬어 가겠다는 것
뿌리쳐 보냈습니다
마음이 저리고 손발이 떨립니다
정 때문에 나는 울어야 합니까

내 곁에 있어 달라고 애원하면 떠납니다
보이지 않은 마음속
왜 이리 시끄러운가요
오늘도 왔다가 떠나가는
사연 때문에 나는 울어야 합니까

웃음과 슬픔을 섞어서 미소 짓는 사람
외로운 섬에서
손 흔들어 보냈지만
오지 않을 겁니다
물새들도 알고 울기에 나도 울어야 합니까

사랑의 철부지

나는 새처럼

내 가슴속을 날고 있는 사람

꿈이 있어 정을 버린 사람

어찌하라고

그래도 나는 울어야 합니까

어둠과 나 사이에 죽어 가 버린 시간

그 손길 영원히 멀어지고

떠나 버린 정 때문에

차라리 처음으로 가렵니다

늦도록 대답 없는 약속 어떡합니까

그리움을 기다리는 사랑의 장애

마지막도 나는 울어야 합니까

털썩 주저앉은 자리에

아직도 체온이 있기에 잔디는 따스합니다

먼 바다 오가는 뱃머리 이제는 보이지 않습니다

그도 영원히 보이지 않을 겁니다

보고 싶을 때 나는 울어야 합니까

사랑의 장애 때문에

가슴을 뜯는 아픔

눈물 떨어진 자국마다 발자국 남겼는데

텅 빈 자리에 영혼만이라도 돌아올 수 있을까요

사랑은 조물주가 없어 주신 소중한 것인데

이제 나는 혼자라도 행복하게 살고 싶습니다

추억의 카페

강 언덕 저편
가지런히 서 있는 카페
해가 지고 나면
불빛 깜박거리는
후미진 유혹의 언덕
밤은 깊어 가고 인적은 드물어
가로등은 외롭다

아른거리는 불빛은
기억 속의 아픈 곳을 잊지 못하게 하고
여기저기 하얀 테이블
마주한 아름다운 사람들의 웃음소리 다정하기만 하다
희미한 등불 아래
한 잔의 술에 뜨거운 입김 느끼고
오늘은 내일이 아니었다

언덕 아래 불빛 일렁이는 강물은
조용히 쉼 없이 흐르고
언제나 그때도 저렇게 흘러갔다
술 취한 길거리는 잠들고

떠나 버린 뒤 터이지만
우리 함께 달빛 아래 별을 헤아리던 곳

정이 떠난
술잔 부딪치는 소리
창 넘어 달빛 아래 빛바랜 메아리 되어
식어 버린 커피잔에 잠든다

하루살이는 세상을 떠나고
길을 잃지 않고 걸으려는 간절한 마음
저들이 나를 외롭고 슬프게 한다

빈손

처음에서

꽃이 필 때
찰나에 폭우
그 비에도 꽃은 피었다
억울해도 세상은 밝았다

비웃듯이 맑은 하늘을 청포도 물고 나는 새는
즐거워서 웃고 있다

잡혀 온 철없는 고라니는 긴 다리 쭉 뻗고 포기한 듯
눈을 감고 있다

이 모든 것에서

생명은
바람이 구름을 밀어내니
태양이 어둠을 밀어내니
슬픔과 기쁨과 고뇌 속에 씨알이 떨어질 여정을 택했다

하지만

억울하게
즐겁게
바람에
허수아비 되어 혼돈의 길목에서
가까스로 서서 바라보는 꿈
그려진 만찬에 초대되었을 뿐이다

깻잎의 향기

찬바람 북풍이 불고
단풍이 나뭇잎에 물들어 가고
아침 찬 이슬 내릴 때
맑고 파란 하늘 아래 아름다운 시절
어머님은 산등성이 들깨밭에서
깻잎을 뜯는다
깻잎은 노랑 단풍 갈색 단풍 들어 곱다
간장에 담근 그 깻잎장아찌
두고두고 향기 나는 반찬
천하일미라고 할 만하다

사람도
오늘 가고 내일이면 가을을 담아서
깻잎 향기 물들어
좋은 향기 남기고 가면 안 되나
천하가 향기로울 것이다

세월의 미소

내가 좋아서
바람이 불어오니 가슴이 웃고
비가 내리니 산천초목이 웃고
꽃잎이 날리니 세상이 웃는다

햇빛이 세상을 밝히고
달빛이 어둠을 밝히고
일월(日月)이 웃는다

우리가 사는 땅 삼백육십오 일
돌고 돌아온 유월
초록색 산등성이
산새들의 웃음소리 들리고
철없는 세월은 웃는다

유월은 절반의 한 해야!
세월은 웃고 있어도 가기는 간다

이웃 정

봄이 가는 길에
꽃잎이 질 때쯤
해 질 무렵 아름다운 서녘 하늘 아래
꽃밭에서 사랑을 맺어 주던
벌, 나비 떠나니
보내는 마음 너무나 서운해
푸른 잎사귀 만져 보지만
꽃은 추억이 없다 한다
그래도
맨드라미가 늦게 피어 있으니
놀다 가라고 손짓한다

나의 여인

눈빛만 만졌는데
인연이 연모 되어
잊힌 세월이 언제인지 모르는데
항상 아련히 떠오르는 그 무엇
문틈으로 들어설 때마다
찾아간 그 자리
네가 아닌 다른 꽃이 다른 인연으로 울고 있더라

너에게 꽃을 주려고 했는데
하필이면 오늘

물고기는 산 위에서 슬퍼하고
반포조의 효심에 서러운 넋이 되어
가야 할 그곳으로 갔는가
너도 그
사슬에 얽매인 인연

여기저기 너울거리는
삶의 밭에서
태초에 배운 대로 살았으면

홀랑 벗고 부끄러워하겠는가
너와 나의 인연은 동아줄에 매달려
한없이 기다려야 한다

첫사랑이기에

탁마(琢磨)의 손끝에 태어난 탁자 위
커피 한 잔
갈색 커피 위에
하얗게 그려진 하트
장력(張力)을 견디며 흐트러짐을 지탱하고
떨리는 그의 손은
혼자이기에
잔 속을 흔들리게 한다

창밖에 내리는 비는
억수같이 쏟아지는 장대비
천둥소리 끌고 와서 놀라게 하더니
너의 눈가에 이슬이 내리고
기어코 눈물에 젖어
그렇지만
네가 있어 좋았던 공간의 미소
있지 않니

이끼 낀 너의 가슴을 깨끗이 지워라
병아리는 홀로 알에서 깨어나 웃고 산다

너도 눈물을 멈추고
한 잔의 커피를 비워라
언제나 첫사랑은 바람 따라가 버린다
그건 추억 속의 그림자란다

본초자오선

원숭이는 억지 춤을 추어야 산다
환심(歡心)을 믿어라

하늘 한 번 바라보고
땅 한 번 내려다보고
부는 바람에 얼굴을 씻으니
망각의 세월이 떠오른다

노을이 짙어지니
봄 나비가 날개를 접어
이슬 맞을 채비를 하고
새들은 움집으로 가려고 하는데
망설이는 삶에도
철없는 씨앗 가슴에 안기며
내 그림자가 밥 먹고 가라 한다

암반수가 솟아나는 순간
회오리바람을 잠재우는
가슴속 깊이 본초자오선이 그어진다

주저주저하다가
비가 올 것 같다
대답 없는 대답

어두운 창문을 바라보고
그렇구나! 웃어 보자
이럴 때
세상을 우려낸 차 한 잔 꼭 마시고 싶다
본초자오선에서 억지 춤을 추지 않고 살고 싶다

망중한

갈대숲 풀 향기 그윽한 곳
한 몸 기대어 어리광 부려 보니
좋은 마음 있어 주워 담아
광야에 씨 뿌렸다

행복이 가득한 여인의
어깨 위에 떠나는 손 가여워라
어젯밤 문틈 사이 달빛에
담겨진
미련을 넘기고
한가로움으로 웃어 본다

푸른 하늘 마음
지워지지 않도록
저 멀리 구름에 덮여
꿈꾸며
하늘 여행 가려고 떠났다

솔깃하게 들려오는 바람 소리에
그 누구 소식 전해 오니

행복한 오후 되어

무슨 말로 답할까
푸르른 먼 산이 대답한다

가만히 서서
해 지는 모습이 아름다우니 보고 가라고 하라
밀어를 전해 주니
한가한 마음 돌아와 고마웠다

잘못된 소식

까치가 울면
소식이 온다는데
이른 아침 창 넘어 언덕
높은 나뭇가지에 올라 까치가 운다
많이도 운다
좋은 소식 오려나
궁금하게 기다렸는데

멀리서 은은하게 들려오는 종소리
친구가 길을 잘못 들어
다른 곳으로 갔다고
소식을 전해 왔다

초승달

음력 초이렛날
마음이 초췌(憔悴)하여 그늘 없는 강가에서
초승달을 보는 마음
어쩐지 너에게 기대고 싶은 심사다

왜 그렇게 슬프게 뜨느냐
왜 그렇게 가엽게 뜨느냐
왜 그렇게 안타깝도록 갸륵하느냐

그래도 너는 눈물을 흘리지 않더라

너를 보는 마음 그냥 스쳐 가면 안 되나
내가 아프고 가엽기 때문이다
누군가는
저 초승달을 아름답다 할 거다
그러하기에
너는 별 친구 뒤에 두고 정을 담아 왔으면
내 마음 깊이 들어가
차곡차곡 쌓인 먼지를 털어 주면 안 되나

나는 초승달을 좋아하고

뿌옇게 내리는 향기 없는 달빛을 사랑한다

우리는 행여 가더라도

그리운 마음 담아 놓고

가져가지 말자

서쪽으로 가는 거냐 가거라

나는 내가 사는 땅을 떠날 수가 없다

빈집

갈 사람은 갔고
올 사람은 없다

빈방에 공기만 가득하니
속삭임도 없다

답답한 가슴
문 열어 놓았으니
새 한 마리라도 날아들소

꿈 편지

그에게
떠난 지 오래됐다 해도
멀다
너무 멀다

가까이할 사람이 없다
길거리에 나서니
수많은 사람 오가는데
찾아보아도
아는 사람 없다
오래된 나인지라
혹시
기억나거든
꿈속에서라도 몇 자 적어 보내 다오
뭐라고 쓰냐 하면
"당신을 사랑하오"
라고

산까치는 그냥 울지 않는다

도토리가 땅 위에 떨어지고
산까치가 울 때 뒤돌아봐요

산까치가 울지 않을 때
기어이 가신다면
말해 줄 필요도 없고
기어이 오신다면
기다려 줄 필요도 없고
가고 오는 건 그대의 생각이지만

산까치가 울 때
가는 것
기다리는 것
그대의 마음속에 없으면
산까치가 울지 않습니다

시간은 떠나면 그만입니다
기다리는 것도
시간이 지나면 허무한 공간입니다
쓸쓸히 맞이하는 밤

이제야 빈집에 무엇하려고 오십니까

그대여
산까치는 그냥 울지 않습니다
산까치가 울 때
오고 기다렸으면 좋았을 겁니다

처서 소고

살이 찐 메뚜기는
문턱에 기대었다가
머지않아 낙엽 지는 바람이 분다는 소식에 쫓겨
도망갔다

늙은이 뒷짐 지고 한가히 걸을 때
하늘에 하얀 구름 군무(群舞)를 추며
가을에 맑은 하늘 주려고
청소를 하고 있다

들에는 곡식이 영글어 가고
새들은 몰래몰래 훔쳐 먹고
산에는 다람쥐 바쁘게 뛴다
모기는 힘이 빠져 지쳐 누워서 잠자고 있다

해맑고 외로운 사람의 미소에
들풀들은 올해를 하직하려고 아까운 웃음 웃고
해 질 무렵 고추잠자리 좋은 자리 찾아 이곳저곳 기웃거린다
귀뚜라미 울음소리가
초야(初夜)인데 섣불리 들려오고

산등성이 풀벌레 여치가 춤추며 우는 소리 들린다

세상이여
어김없이 바뀌는 세상이여
이제 무엇을 가지려 하는가
세상에 감사하는 마음 갖고 훤히 보이는 텅 빈 육신을
보전하려 하면
처서가 지나면 풍요로우니
가난한 마음이 행복이로다

산 손님 가는 길

바람 부는 산등성이 풀밭 오솔길
나지막한 모퉁이에
외롭게 핀 산국화야
그리움도 기다림도
때가 지나니 기다려지지도 않고
기다려 주지도 않던
널
그런데도 가슴을 여미며 그리워했다

찬바람 불어오고
늙은 나뭇가지 헐벗어 외로워 보인다
오로지 산국화 피는 꽃
바라보고 기다렸으니
이제 산 손님은 떠나련다

청룡등 언덕

청룡등 언덕 푸른 산등성이에서
멀리 보이는
저 광야 저 산야
한참을 바라보니
서쪽 하늘일세

동쪽에서 뜨는 해 부름을 받고 세상을 시작하여
유둣날 머리 감아 싱그러운데
축복 속 웃음 터지고
정오에 아들 낳고
뜨거운 햇빛만큼 빛났다

머나먼 고갯길 마다 않고
돌부리 가시밭길 마다 않고
올라서서
한 그루 나무 될 씨를 심고
그 나무
큰 나무 되었다

거름 주고 물 주고

쓰다듬고
하던 일 멈추고
저 서쪽 하늘나라
붉은 태양 아래 여행길 떠났다

청룡등 언덕에서
항상 아쉬움에 떠나는 길손에
손 흔들던 그 모습 아련히 남아
외롭던 그 여인이여 슬프다

종로3가 연정

온통 장난삼아 춤추는 미친 등불이
술 취해 비틀거린 모습
질서 없는 자의 모자 밑에 가려지고
어두웠던 거리에서 누더기 말썽꾸러기가 다녀도
사랑한 거리

번쩍이고 빛나는 옷을 입고
너 어디서 왔느냐고 묻는다

사랑을 잃은
들풀들이 연정을 남기고 간 곳을 그 누가 알까
못난 가로수가 눈을 흘기며 바라본다
갈 곳을 물을 수도 없고
있을 곳을 찾을 수도 없고
헛욕심에 눈물 흘리는 거리의 대열에 끼었나 보다

몰래 지켜보던
어렴풋한 가로등 등불은
못내 가슴을 뜯어 내리고
들풀들은 돌아오지 않는 거리라오

사랑에 울던 종로3가

정처 없는 옛정은 저 먼 곳에 희미해졌고
어둠에서 울던 거리
지금도 슬픈 흔적 그려져 지워지지 않는다
들풀들은 떠났었다

가을서곡

가을이 문턱에 들어서니
나뭇잎들은 무정해도
떠날 채비를 하고

정든 엄마 나무 곁에서
이별하려는 나뭇잎들
아롱아롱
곱고 고운 사랑 물들이고
어느새
바람과 함께 친구 되어 등 돌리고 떠나는구나

콩깍지 타는 향기에
둥둥 떠도는 마음
차곡차곡 쌓인 인정
상큼하게 가는 계절을 서운해하면서
황금빛 서녘 하늘을 바라보고
가을 노래 부른다

나뭇잎들은 한 잎 두 잎 사연을 안고 떠나니

비로소 여기 서서

보이지 않는 너의 모습을 잎사귀 한구석에 그려 놓는다

가을이라는 서곡이

서늘한 바람과 함께

우리들의 마음을 다소곳이 안아 주니까

가을이기에

산마을에 찾아든 가을 손님에게
애절한 가을바람 불고
가상이 허무해지는 하늘 아래
통하지 않는 언어를 흘린 구름은
어느 상처 입은 여인의 눈망울을 헤매다 흩어진다
가을이기에

높아진 하늘 푸르고
맑은 공기 가득한 공간
딱히 잡을 수 없는 허공
그립기도 하고
세월의 비바람에 깎여서 쓸쓸하기도 하다
해 저문 하늘에 기러기 지껄이며 소슬한 마음결만 남기고 떠나고 그 모
습 보는 마음 서글퍼진다
가을이기에

가을이라고 모습이 변한 풀밭에 선택된 나는
초라하다
가을이기에

구부러져 부는 바람은

잠자려는 나무들의 물든 잎을 멀리 떠나보내고

몇 개 잎 달린 나뭇가지를 흔들고 스쳐 지나간다

개울물은

소리 내어 흐르고

낙엽은 돛단배 되어 사공 없이 떠난다

가을이기에

가을에 온 손님은 떠나야 한다

묻지 않고

할 수 없이 곱게 물든 황혼의 아름다움에

그저 서 있을 뿐이다

달밤 상념

이 저녁 깊은데
둥근달은
누구에게나 비출까
지금 누구도 보고 있을까
쌓인 눈에 내리는 은빛은
야속하게도 조용히 조용히 빛난다

밤은 점점 깊어 가고 인적은 끊겼는데
정에 못 잊어
흔들리는 이 사람

하얀 눈에
못내 아쉬워 아픈 마음 기대려는데
밤하늘을 나는 새 한 마리
울며 가고
뒤따라 찬바람 불어오더니
둥근달은 서쪽으로 지면서

내가 슬픈 모양인지 행복하게 비추어 준다

까마귀 울어도

누워서 빗방울을 받아먹고 살았는데
설거지하다 보니
손길이 닿지 않은 곳은 미완의 정성

벨이 울려
황급히 귀에 대니
상관없는 아리송
방정맞게 따국따국
열어 보니
가난한 자 마음의 잔치

또 받아 보고
또 열어 본다
또 혹시라도

소갈머리 없이 버튼을 누른다
반갑다! 반갑다!
목소리
귓속이 거짓인가

까마귀가 울어 대도
내가 알 수 있는 울음이면
울 때마다 행복할 것이다

그리움의 교차

그립고
그리워서
그 이름 부르다가
더러는
그 이름 잊었던가

해가 지면 애쓰던 밤
초가을 싸늘한 새벽녘
그믐달은
눈물을 머금은 채
서녘 하늘에 반만큼 걸려 있다
그도
그립고
그리운가 보다

어제가 가고 내일이 와도
차창 속 흔들던 어여쁜 손
그 사람이 보인다
머나먼 길
잊힌 길

뒤돌아보고
발자취 지워졌기에
기다리기에는 너무 멀다

그립고
그리워서
그립고도 서러워서
조용한 밤하늘 바라보니
명주실같이 가늘고 고운 마음
그대여
이별은 너무 아프다
가까이 와서
따스한 가슴속에 잠자라 했는데
어찌 잊을까

남은 세월 따라가니 또 가을
낙엽 지고
소슬한 바람 끝에
믿었던 그림 떠나고
외롭고 가난한 자

따스한 밥 어디서 얻어먹을까

창 넘어 기다림의 그림자
스쳐 가는 바람결에 지워졌고
오가는 쓰라린 연민의 아픔은
그립고도
그리워서
애태워도 지금은 지나간다

그 누군가가 버리고 간
장미 한 송이 주워 들고
그나마
나는 그대를 깜깜한 밤하늘 아래서
물끄러미 바라본다

꿈인 것을

먼동이 틀 때 찬란함도 한순간
해가 지니 쓸쓸하다
조각 달빛이
그래도
어둠을 달래고 내리는 밤

꿈을 꾸고 꿈을 안고 맺어 온 사연들
빛바랜 지 오래되어
더 걸어갈 길이 없어 지팡이도
버려야 했고 버려졌다
지난 세월이 아까워 한탄한들
지워지더라

약속하고 뿌린 인연
꿈인 것을
가슴 아픈 상처만 남기고
비가 내려야 지워지더라

홀로 나를 안고
울적한 마음에

먼 검은 하늘 바라보다 털썩 주저앉아 옛 생각 손꼽아 세어 보니
시간은 없어지고 공간만 남아
서러워도 영혼은 웃고 있다

물새가 정든 강변

물새야
이 강가에 또 왔느냐
강물은 지금도 너를 품고 쉼 없이 흘러가고
임 떠난 자리에 잡초만 무성하다
씨앗마저 떠났고
살던 곳 오래된 소중한 자리
하지만 나뭇가지 쓸쓸히 바람에 흔들리며
떨어진 낙엽뿐이다

뭐하러 왔느냐
애잔한 마음 조금만 남겨 두고
단풍잎 한 움큼 물고 그냥 가거라
지나가는 가을바람이 멀리멀리 보내 줄 거다

계절이 올 때마다 쌓인 미련
애처롭고 인정은 서럽다
꽃은 지고 잎은 물들어
정은 가고 없고
텅 빈 허공

뭐하려고 왔느냐

세월에 물든 가을 잎 만지며

바보같이 푸른 하늘 가려고 하는데

왜 왔느냐

오붓했던 지난 일 기억하지 말고 가거라

해 지면 길 잃고 헤맨다

물새 슬피 울어

시절을 재촉하니 아쉽다

네가 가고 나면

황혼의 아름다움이 그려질 것이다

별아!

반짝이는 별빛을 머리에 이고
한 잔의 술잔에
너와 내가 웃고
얼굴의 주름살에 이지러지는 미소
흰 머리카락 별빛에 담그고
희미한 추억 더듬어 보는
너야

나는
따뜻한 가슴이 숨 쉬는 곳으로 가고파

초겨울의 차가운
밤하늘에 별빛이 내린다

나는
이미 나락으로 떨어진 쭈갱이

창 너머 드리우는 유난히 밝은 별빛
우습다
낭만인가

유령의 삶인가
너와 나는 우리 서로 소리 내어 울어 보자

어쩔 수 없이 찾아온 세월
영원함을 간직한 찬란한 별빛이여

우리들의
진한 가슴에 정을 담아 내려 다오

호접란을 보면서

시간을 따라가는
그 옛 그대와 나
수많은 저녁잠 못 이룬 사이
호접란은 곱게 가지런히 피었다

푸른 잎사귀는 세상을 넘나 보고
꽃은 마음을 드나들며 그대를 보고프게 한다
잎사귀에 맺힌 이슬방울은 영롱하다
안 보이는 마음을 비춰 밝아 온다

전선에서 돌아온 내 여린 심장에 고동을 뛰게 하는 너의
그리운 미소를 잊으랴
혼돈으로 얼룩진 마음
달래고 달래서
꽃 피는 호접란을 얻었다

과거에서 도망쳐 나왔지만
갈 곳이 없다
오직 호접란 너를 키운 보람으로 산다

찬바람 불어

너의 꽃은 지고

푸른 잎사귀는 족적을 간직하고

오래도록 살 거다

이제야

지난 일의 후회가

또 꽃이 필 거라기에 지워진다

가을 나무처럼

큰 산을 지켜 오던 나무들
그새 가을
나뭇잎은
무지개 부서져서 쏟아지듯
낙엽 되어 바람에 날리고
강변의 갈대밭
갈대꽃은 은색 머리카락 휘날리며 춤춘다

그래도
청춘을 마주 잡아 주었던 아버지의 손
오라고 했을 때
발끝까지 따라와
지금은 아련한 미소가 남아 있어
가슴 아프게 한다

바람 소리 울어 대는 나뭇가지들
강물에 아롱거리고
그 모습
옷을 벗으니 외로운가 보다

늙은 나목(裸木) 아래 어린 자식들
낙엽으로 덮어 주고
나무는
추위도 즐거워한다
낙엽이 되어 쌓인 식구들의 속삭임이
들린다

아버지의
모든 것은
지나가고
버리고
떠나가고
부는 바람 따라가 버린 뒤

온통
곱고 고운 낙엽을 바라보는
그 아버지
가을 나무처럼 살아온 모습
가련하면서도
행복하게 거기 서 있구나

옛 산천 그리워

옛 산천 찾아와 보니
산도 들도
하늘도
달도 별도 해도
어릴 적 나와 살던 곳

바둑이가 살던 곳은 참새가 살고
음매가 살던 곳은 까막까치 지저귀고
낯설어진 산천은
나를 보고 울고 있다
왜 이제 왔는가

이곳이 우리 살던 산천이었던가
친숙했던 내음 바람 햇빛 사람들 변했을까
밤나무 알밤 떨어지는 소리
들리는데
뒷들 속 빈 대나무를 바라보아도
옛 산천은 아니로다

옛 산천은

세월을 버렸으니
세상을 담아오라 한다
정든 산천 떠났어도
비어 있어도 산천은 옛 산천인데
정마저 어데 갔을까 보이지 않는다

세찬 찬바람만 얼굴에 스치며 매정하다
정은
서운해도 등 뒤에 두고
눈 감으면 떠오르는 산천 그리워

옛 그림자 사라져 아쉬워도
여기가 옛 산천이다

장마

장마에 큰비가 내리니
여행객이 들썩인다
강변은 물속에서 놀고
들풀들은 고개를 내밀어 여행객에 합류한다
새들은 집을 비우고 떡갈나무로 여행을 간다
물고기들은 친정집으로 여행을 간다

장마는 점잖지 못하다
지나간 뒷거리
가로등 누워서 눈은 뜨고 잔다

다리 난간에는 여행 가려는 행렬이 길게 늘어서서 기다리고 있다

행렬에서 이탈한 동그란 물체가
비가 지나간 곳 빈자리에 굴러가면서
여행을 잘못 왔다고 후회한다

몰라서

이 바위는 몰라서 여기에 묻혔다
저 나무는 몰라서 여기에 서 있다
사람은 잘 알아서 여기에 서 있다

몰라서 자리하고 있는 바위와 나무는
이 산길 지날 때마다 행복하더라
알아서 걷고 있는 이 마음은 고달프다

임의 마음을 태우고

노란 은행 단풍잎
가을날 정오 햇빛이 빛날 때
오래된 정원 거닐던 임이시여
망각의 뇌 속에
밝아 있지만
그림자가 보일 겁니다

어둠에도 강물은 흐르고
조각구름은 방황하고
단풍잎 날려 보내고
나무가 헐벗었을 때
나를 잊어버릴 시간

눈앞에 서지 마오

또 가을이 올 겁니다
임이 오시는 날에
낙엽을 태우렵니다

행복을 싣고

기차를 타고
바깥세상
차창 밖 소리는 없다
보인다
산도 아름답고
집도 다소곳이 조용하고
사람들의 발걸음도 평온하다
바람은 조용하다
널린 세상 눈 안에 아름답다

혼돈의 아우성은 들리지 않는다
내 안에서 내가 만들었다

들리지 아니하고
생각하지 않으니
온화하고 평온하고 아름답다

가만히 생각하니
아무리 외로워도
아무리 힘들어도

서럽지도 않게
슬프지도 않게
다독이면 행복해진다

슬픔은 아끼고
눈물은 허비하지 말아야 한다

삶의 고달픔은 너의 그것이 아니다
응시하는 눈망울을 모아 싣고 기차는 달린다

절규(絶叫)

어머니
어디 계십니까
배가 고픕니다
황량(荒涼)한 벌판에 모래바람이 붑니다

나는 기도합니다
그렇지 않으면 견딜 수가 없습니다
모든 것 후회하지 못합니다
나를 버렸습니다
나는 보이지 않습니다

귀뚜라미 한 마리가
내가 먹는 밥그릇에 오줌을 누고 갔습니다
어머니
보글보글 끓는 된장국에
밥 한 그릇 담아 주십시오
배가 고픕니다

석별(惜別)

가거라
갈 거면 가거라
뒤돌아 오지 말고 가거라

추억은 파도같이 밀려왔다가
모래 위에 자국 남기고 가 버린다
하필이면 하고
주저앉지 말고 가거라

달빛이 구름에 가려도
바람이 있어 밝아진다
간 자리 비어 있으면
채울 수 없는 상한 마음의 무덤이다

섭섭해도 가거라
간다면
들풀이 사는 광야의 한쪽 끝에서
뒤돌아 오리다

발자국 소리 내지 말고 가거라

무정한 쪽으로 가거라
정이 있으면 미련이 남아
묵은 싹이 성가시다

남은 정 있으면 달빛을 담은 강물에 띄워 보내마

오! 그리운 사람이여
오! 가는 자여
아! 무정하도다

달이 뜨고 지는 데에도
까닭이 있다오

남은 것 없이
버릴 것 없이
가져가 다오

석별(惜別)은 이별(離別)의 미련(未練)이다
나라는 주체가 그대의 객체로 묻힐 때까지
기다리는 것은 슬픔이라 한다
가거라

달력

걸어 놓은 것은 세월이다
한 장 떼어 낼 때마다
머리카락이 몇 올씩 희어지더라
그래서
지나간 달력을 한 장씩 붙여 놓으니
머리카락이 몇 올씩 검어지더라
지나간 달력을 다 갖다 붙여 놓으니
머리카락이 까맣게 되더라
즐거워서 죽겠다고 웃었다
하지만
오래간만에 만난 사람이 나를 보고
왜 그리 백발이 되었냐고 묻더라
아닐 텐데
착각 속에도 희망이 있어

갈대숲

짙푸른 갈대숲에 바람 푸르러
삼단 머리 가지런히 아름답다
하늘은 파랗고
땅 위 갈대숲에 바람 불어
어루만진 다음이었는데

어느새
여름 가고
늦가을
갈대숲에 은색 꽃 피어 휘날리니
갈대숲 사이에 서서
오랜만에 한적한 마음 가져 본다

행복을 꿈꾸는
사랑 이야기 들리기에
못다 한 마음의 한구석을 더듬어 보는 순간이기도 하다

언덕에 놀던 까치가 기웃거리다가
나도 같이 놀자 지저귄다
고공을 나는 기러기는

갈대숲이 좋아라
하고는
갈 길이 멀어 간다고 한다
내년 여름에 다시 오련다고

시절이 가는 곳에 마음도 간다
스르륵거리는 갈대숲 바람 소리 뒤에 두고
가야 할 곳으로 가는데
갈대숲 사이로 황혼의 아름다운 고운 얼굴이
내 마음에 닿는다

이 사람아

우수의 계절 길 떠나가는 곳
사람들이 지나갔기에 길이 있어
다정한 사람들이 걸었던 길이라기에
그 마음에 안고 걷는다오
산속 길가
나뭇가지 끝에 부는 바람 소리 정든 소리이고
나뭇잎에 떨어진 빗물은 정을 주는 눈물일까
발걸음 자국마다 따라 걸을 때 웃음꽃이었는데
뒤돌아선 발자국에는 찬 이슬이 내렸소

생각나지 않는 먼 이야기들
무슨 소용 있기에
오늘도
가는 길
그 길을 걸었소
혼자서 걷는 길이라서
뒷짐 지고 걷고 있다오

추억의 언덕에서

가을바람 스산하게 지나가고
낙엽 쌓인 길
아늑한 추억이 아로새겨진 이 언덕
그 옛날
두 손 잡고 거닐 언덕길
지금은 바람과 함께 걷고 있다오

후미진 오솔길 다람쥐가 다니던 길인데
낯선 사람들

망각의 시공(時空)에
가끔가끔 끌어와서 기억하는 추억
그 언덕
들풀들도 예나 다름없이 맞아 주고
어제도 그랬고
오늘도 그랬고

추억은 머물다 사라져 버린 그림자
하지만
주워 담은 어설픈 정은

오로지 잊히지 않아
그 언덕을 넘어가고 있다오

처음 가졌던 마음은 초겨울 바람 불어 흩어지고
남은 마음은 낡은 옷소매에
지난 말을 새겨 두고
그래도 생각나던 것을
저녁이 올 때마다 억지로 지우느라
추억의 시간은 아픔의 인고(忍苦)

새들이 떠날 때
추억의 언덕길은 비어 있을 거라오

해 지는 저녁 되거든
둥근달
달빛에 기대어
한 번쯤은 기다려 보면
이 언덕 이 길에 추억은 남아 있을 거요

갈망(渴望)

가뭄은 언제나 소식을 가져온다
너들이 그러니까
수도꼭지 잘못 잠금으로
한 방울씩 가끔 떨어지기는 했지만
흐르지 못하고
말라 버린다
찔끔찔끔 감질나는 사람들

쓰레기가 없어져서 서럽다고
우는 사람

나무가 말라 죽어 가도
웃는 사람

이건 정의가 아니라 삶과 주검

새털까지 쥐어짜서 모인 돈이
물이 되어 흐를 거라고 한다
어디로 흐를 건가

세상이 가르쳐 준 커피를 마시는 버릇

오페라의 한 구절은 정의(正義)의 사자(使者)가

벌레들이라고

뜨락에 불을 밝혀라

그때 그 시절

양지 언덕에 피는
노란 꽃 민들레
홀씨 되어
모였다가
불어온 봄바람에
들녘 아지랑이 속으로 흩어져 날려
어딘가에 솟대를 세우고
살다가 살면서
때로는 꽃잎에 이슬을 모으고
때로는 함박눈 속에서 마음을 다스리고
그 새싹들이
행복했던 어린 시절
그리워 또 그리워
놀던 뒤뜰에 봉숭아는 어디 갔나 잡초만 무성하네

기나긴 여정에
차가운 동토에서 발걸음 헛디디어 나락(奈落)에서 울기도 하고
가을 낙엽을 밟으면서
향수에 물들어 너여 나여 반기기도 하고
세파의 모진 계단에서

어떻게 살았느뇨
기억이 희미해서 부르는 이름 슬프다

보고 싶어도
만나고 싶어도
손잡고 싶어도
가 버린 시간 속에
네가 되고 내가 되고
오랜 세월에 그을려
타 버린 모습
알면서도 모르면서
그리 반가워 마주 잡은 손
마음 아파하는 그때 그 시절 친구여
시간이 가는 길에 쉼터가 없다네

어느새
저편 산 넘어가는 태양도
황혼의 그림자여
이제는 헤어지지 말자

그래

그때 그 시절

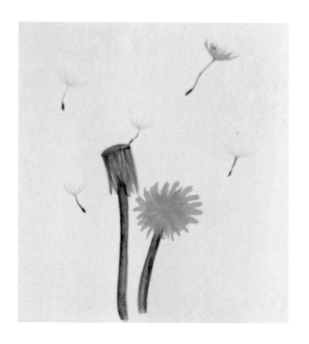

눈 오는 날 생각

첫눈이 온다
눈이 올 땐 누님 생각난다
머어언 산 언저리에 구름이 모이더니
함박눈이 내린다
들에도 내린다
내 앞에도 내린다
임의 가슴에도 눈이 내릴까

까마득히 잊어버린 그리움에도
눈이 내릴까
눈이 내리니 모두가 좋아한다

고향 집 앞마당에 소복이 쌓인 눈이 아롱거린다
어머님 머리 위 물동이에도 눈이 내리더라

우는 나무

사막도 아닌데
대지 위에 말라 가는 저 나무
왜
눈물 흘리며 살게 했을까
누가
저 나무에 물을 줄 건가
누가
저 나무에 아픔을 가려 줄 건가
누가
저 나무에 웃어 줄 건가
흘린 눈물마저 말라 버린다면 죽는 것이다

산 위에 고인 물도 까막까치가 흐르지 못하게 한다
가뭄이 더하고
폭풍 한설이 찾아와도
기대지 마라
누구도 네 옆에 서 있지 않는다
그래도
울지 말고 너 혼자 살아라

하느님 어느 하늘 아래 가서 살아야 합니까

이름 없는 꽃

오솔길 언덕 아래
덤불 사이에 피어 있는 꽃
다소곳이 아름다운 꽃
너의 이름을 모른다

가시에 찔려 피가 나더니만
그 자태 의연하고
붉은 핏방울
정들면
방울방울 떨어져
수많은 벌 나비가
너의 몸을 스치고 지나가면서
야생화 이름 없는 꽃 아름답다고 할 거야

혹시 서투른 사랑이 꺾어 가려 하거든
울지 말고 웃어라
당신을 사랑한다고 말해라
이름 모를 야생화
그래서 당신은 외롭지 않고
항상 아름답단다

목련

탐스럽고 어여쁜
너
사랑스런 너였어

목련꽃이
가녀린 너의 가슴속에 담아 주려고 피었나 봐

훈풍에 너울거리는 목련꽃 모습은
그렇게도
애타게 보고 싶은 너와 같을까

지평선

하늘 서쪽
구름을 부른 태양이 붉어지더니 지평선 아래로 떠난
캘리포니아 대지
산도 가고 사막도 가고
낯선 광야 찾아온 어둠에

황혼도 없이
땅속으로 태양은 졌는데
허무한 벌판에 버려진 사람

별빛이 반짝이는 하늘 아래
바람 부는 초저녁
가늘게 들려오는
애절한 여인의 슬픈 울음
멀리서 흐르는
조용한 하프의 선율

모습만 남아서 추락하지 못한
서러워 우는 여인에게
이 한밤

누가 사막의 밤을 걷게 했는가

사라져 버린 과거는 한순간 궤적이기에
훼손되어 버린 삶의 길목에서
서성인들
사막의 모래바람만 세차게 불어온다

그리움의 불장난
해묵은 옷가지 벗어 버리고
하얀 마음 처음으로 돌아가고파
지평선 저 아래 황혼의 태양을 따라가고 있다

흔적만 남기고

둥지 속 남긴 온정
미련이 남아
놀던 물새
강물에 파랑(波浪)을 남기고선
왔다 간
임의 흔적이라고

오래전 남긴 미소가
뜬구름 타고 뿌린 비
너의 가슴속 잠을 깨웠을까

잊히지 않는 허상
그래서
하루하루 쌓인 반사체
드리우는 달빛에 남아

애절한 그림자
한 맺힌 연민의 흔적
시간은 조금씩 가고
철없이 기다리던 끝에

물가를 맴돌던
외로운 황새는
사랑과 이별
못내 아쉬워
흔적만 남기고 떠났다

겨울 강가를 거닐면서

고요가 잠든 겨울 강가
오라는 사람도 없고
가라는 사람도 없고
찬바람 부는 겨울날
강가에 덮인 눈은 땅 아래 생명들을 포용하고

강가의 들풀들은
누워 잠들어
텃새가 가슴에 앉으니
줄 것도 없고
받을 것도 없고
가난한 구석진 곳
모인 새들도 안다

하얀 속옷 벗은
강 언저리
그래도 초록 잎이 웃는다
찬미의 삶에
즐거운 것도 있었고
바람 부는 강가의 겨울

만상(萬象)의 생각에
어리석은 마음
무딘 머릿속을 춥게만 하고
해 지는 긴 그림자
서산마루 언덕에서 기다린다

추운 얼굴에 흐르는 한기(寒氣)
까마득한 과거를 기억한다

아무도 없는 겨울 강가에
벗 없는 고니도
동녘 하늘 뜨는 해
손꼽아 헤아리다가 잊어버리고
그리움마저 떠나 버린
겨울 강가를 서로가 거닐고 있었다

소망

하늘 아래
살 수 있어 행복합니다
혹시라도
떠나라고만
하지 말아 주세요

환원

죽음을 슬퍼할 것 없다
죽었어도
살아 있다
흙이 되어
초목을 키웠으니
내 거기 안에 들어 있고
사슴이 초목을 먹었으니
내 거기에 살아 있으렷다

이별

사랑하는 사람도 있었습니다
사랑하는 것도 많았습니다
그러나
설거지를 잘 못해서 모두 떠났습니다

성묘

어머님
산소 앞에서 절을 하다가
웃었습니다
나무라지 말아요
자세히 보세요
어머니가 웃고 계십니다

어머님
산소 앞에서 절을 하다가
울었습니다
나무라지 말아요
자세히 보세요
어머니가 보이지 않습니다

어머님
산소 앞에서 절을 하다가
엎드려 일어나지 못했습니다
나무라지 말아요
자세히 보세요
어머니는 이미 떠나셨습니다

꿈

밤 되어 꾸는 꿈은
그만두었다

새 아침
빨간 산딸기
동녘 하늘 물들고
하늘과 땅 사이
까닭이 있다
삶의 다툼에서
다람쥐는 도토리 가져가고
새들은 벌레 가져가거라
물고기는 이끼 뜯어 가고

떠나 버린 가벼운 몸
이별 없이 가벼운 몸
그래도
바람이 보내 준 흰 구름 타고 가는
꿈
모두가 버금가는 세상으로 떠나런다

임은 떠나고

간절한 마음에
흔쾌히 답하여
구름이 비를 나눌 때

임과 내가
바람에 꽃잎을 날리며
살며시 뛰어내린 언덕바지에
웃음 사랑 행복이라고 쓰인 가슴 안고
꽃잎 쏟아지는 냇가를 지나

어느 길목에서
어느 날 만나니
우리랑 꿈을 꾸면서
우리랑 꽃을 피우기 위하여
맺어진 인연

감정에 휘말려 은신처에 나를 숨기고 임은 나의 꽃이었습니다
어제는 임의 웃음을 기다리고
오늘은 임의 부름을 기다리고
물통에 물은 임이 채우고

나는 임의 마음을 채웁니다
그것은 항상 꿈이 지금이었습니다
임의 사랑을 어루만집니다

그 어느 날
날지 못하는 날개 접어 들고
긴 한숨으로
미소 짓던 임아
꺼져 가는 등불일까
창문을 여니
어느새 당신의 꽃은 지고

슬픈 그늘이 발자국마다 더듬거리고
어쩐지
우리랑 그린 찬란한 그림에
떨어진 물방울
우수(憂愁)의 그림으로 망가졌습니다
갈망과 아픔을 함께한
임아!
임아 떠나지 마오

어디로 가시렵니까

영혼은 떠나지 말아요

꼰대 외출

인간사 배우고 나니
꼰대 신세
그 신세 되었는지 잘 모른다
어느 날 자고 또 자고 나니 되었다
빛바랜 유행 떠난
고색창연(古色蒼然)한
멋진 차림
벙거지 없고
그래도
니들 웃지 마
나도 사랑하는 것 안단다

꼰대도 외출은 있다
전철 빈자리 하나
꼰대 자리 털썩
덜컥 문소리
눈을 비비니
번쩍이는 호박이 크게 보였다
놀라
여기는 아

멋쩍어 일어선 꼰대
외출도 꼰댄가

돌아와 그 자리에서 본
아기 든 엄마 배를 연필로 그려 보았다
바가지를 그렸으니
꼰대 신세 면할 때 웃어 줄 거다
씁쓸한 외출
순간
여보세요
할아버지 살아 있네
꼰대는 그 목소리 반가워 울었다

꽃이 필 거야

길거리
가다가
버려진 꽃가지를
갈까 그냥
하다가
이름은 모르지만
데려와서 키웠다

어느 날 살 것 같다 하더니
일어섰다
알아주는 너
내 마음을
너로 해서 나를 알았다
창가에 기대어
그 꽃가지가 한 송이 꽃을 피웠다
붉은 꽃
꽃이 이렇게 정으로 아름다워지는 것
처음 알았다
이제는
내 마음에
향기 가득한 정든 꽃을 피우고 싶다

집콕 일기

방문을 열고
누군가 닫는다
그림자 없는 자의 하루
목줄 강아지
물, 쌀, 간장, 불
단지
반기는 것은
하늘, 땅
구름, 바람
날지 못하는 마음
숨소리는 들린다

반목

초록 단풍나무
빨간 단풍나무
서로가 같은 것 같으면서도 다른 두 나무

어린 초록아
얼굴 빨간 녀석아

가을 되니
단풍잎 되어 같이 날리고

겨울 되니
하얀 눈 맞고 서 있는 나목 모습 똑같네

고향은 고향

무슨 일로 떠났을꼬
고향 땅
비추는
고요한 달빛
반짝이는 별빛
날 밝히는 햇빛
정겨운데
그냥 두고

무슨 일로 왔을꼬
떠나 와서 보는 땅에도
그들은
똑같구먼
낯선 타향살이

별똥별 떨어지는
초저녁
뜰에 모여 앉아
깜박이는 개똥벌레 불
내 고향 보고 싶어

살다가
살다가
돌아갈 거야

봄눈

춘분이 걸어오고 있다
창밖이 시끄러워 내다보니
귀한 손
봄눈이 내 눈 안에 담겨 내린다
세상의 섭리
꼭 맞는다
봄눈은
왜 이리 성미가 급한지
급히 내리고
빨리 가 버린다

그래도
뭐가 아쉬운지
잎사귀도 없는 나뭇가지
흰 눈 끼어 앉고
소복이 쌓이니 좋다 한들
봄이 오는 소식도 모르고
겨울의 낭만
조금 있으면
섭섭하게 녹아내린다
귓속에 말벌 소리가 들린다

겨울 소고(小考)

언제쯤 처음 봤던 그 겨울인가
지구는 돌고 돌아 또 겨울인가
한가히
남아도는 달빛 별빛 주워 담아
세상에 꿈을 안고
너무 많은 꿈을 안고
하얀 달밤에 배꽃이 만발한 과수원 길을 걷던 시절
그 꿈은
새가 되어 하늘을 날고
수목이 되어 춘하추동 살았고
흘러갔다
겨울 되면 생각난다

실개천 물소리도 얼어붙은 겨울이여
웅크린 모습에 입에서 안개만 나오니
참새가 얼음판에 미끄러져 울어도
구할 수가 없다
그게 겨울이기도 하다

번뇌는 가고 오는 것

인생은 살다가 가는 것
그래서인지 지난날 겨울도 그리워한다

함박눈이 내리는 날
콧노래 부르며 걷던 희망의 산길
그 산길에
속살을 드러내고 벗고 있는 나무들 사이로 걷고 있다
노래하던 꾀꼬리는 어디쯤 살고 있을까
산까치 지저귀는 소리가 반긴다

이 상수리나무 푸르고 푸르렀건만
이 진달래 곱게 핀 꽃 내 눈 안에 있었건만
아쉬운 모습으로
찬바람 부는 소리만 들린다

걷는 길 너무나 허전하여도
옛사람 가녀린 손은 없고
휘젓는 옷소매에 찬바람만 스친다
누군가에 기대어 보았으나
정 없는 나무이기에 서럽기만 하다

잊힌 겨울이기도 하네

뒷산은 멀어지고 앞산은 높아만 가고
가을이면 여치가 뛰놀고
풀벌레 울음소리 깊은 밤에 외로워지기도 했던
그 산길

겨울날 걸어 보던 산길이었기에
홀로 걷는 이 마음
타는 이 마음
후회하는 이 마음
청설모가 머리 위에 뛰놀고
초롱초롱한 눈으로 바라보다 속없이 웃어 주고 있다

겨울 되어
억새풀은 낙엽 지고 늙어서도 주저앉지 않고 억세게 서 있구려

주인 없는 바람 구름 해와 달
항상 즐거운데
인생은 희로애락으로 살아야 하기에

찾아온

또 겨울이네

또 눈이 내리네

눈 위를 사뿐사뿐 밟아 보니

겨울은 추억을 그립게 하고 생각나게 한다

이쁜 개구리

개구리가 이쁘게
뻐금뻐금 담배를 피운다
속상해
아기 때 달고 나온
꼬리 찾으려
물속에 들어갔다
엄마에게 물어봤다
올챙이 되려고
야단맞은 개구리
개골개골 노래 부른다

첫사랑 1

기록으로 남아 있다
햇볕이
강렬하게 내리쬐는데도
과일은 익어 가지도 못하고
그늘에 숨는다
까치는 울지 못하고 쳐다만 본다

한심하다고
황소가 사납게 달려 보지만
고삐에 걸려 주저앉는다
암소는 웃는다

하늘에 검은 구름 뭉치더니
가엾어라
사랑의 비가 내린다
비를 가려 주는 처마
좁은 틈에서 감정이 복받쳐
허둥대다가
용기를 내어 웃어 버린다
망설이지 말고 다가오소서

첫사랑 2

처음
가는 것보다
오는 것이 더 어렵더라
오는 것보다
만나는 것이 더 어렵더라
만나는 것보다
무슨 말을 할까가 더 어렵더라
아무 말 못 하고
돌아설 때가 더 어렵더라
볼까 봐
뒤돌아보지 못하고
갈 때가 더 어렵더라

그러다가 식으면 어쩌나
걱정하니 더 어렵더라

어느
비 오는 날 우연히
우산 속 두 사람 되어
말없이 눈동자 보고 미소 지어 보니 아주 쉽더라

사랑을 찾아서

사랑에 애타는 청춘
나뭇잎, 검불
섞어 놓은 불살게에
불을 붙인다
모두 다 모여라
사랑이 타지 않게 태운다

사랑을 찾아
나비는
불 속에 뛰어들어
날개를 태우고
부러진 날개
연기에 쫓긴 모기
나비와 모기는 둘 다 실패했다

모서리로 가는 사랑이라
모닥불은 꺼지고
소낙비 내려
흔적은 쓸려 가 버렸다

상처 입은 타지 않은 청춘
소낙비 세찬 소리만 들리는
광장에서
하염없이
실패한 상처를 아파한다

기원

초가지붕 위 넝쿨 박
정겨운 바가지
두 되 멥쌀 담아
초를 세우고
태양을 심지에 붙이고
밝힌 촛불
무릎 꿇고 두 손 비비며
기원하는
어머님의 샤머니즘
우주를 넘나드는
진리를 품은 정성이었다

옷을 벗고 살던 태고의 인성은
배려와 사랑이었다
나는
태고의 나를 찾아 달라고 기원한다

영수증

초록색 잎사귀가 안아 준 아름다운 꽃 난초는
왜 나를 모른 체할까
그러나
그는 나에게 달라고 한다

나는 영수증을 써 준 일이 없다

어떻게 살았느냐의 물음에
얼마나 살 것인가의 물음에
얼마나 사랑하고 있느냐의 물음에
언제 떠날 것이냐의 물음에

나는 영수증을 써 준 일이 없다

하늘과 땅 사이에 있다는 것
가슴속에 머릿속에 영혼 속에
떠도는 그 무엇뿐인데
줄 것이 없는데

그래서 영수증을 써 준 일이 없다

내 생애는 나만이 간직하고 싶다

진달래꽃 필 때

산을 타고 올라가는
붉은 물결
진달래꽃 필 때쯤
온다는 소녀의 약속
꽃이 지고 나면
지워지는데

산을 타고 내려오는
붉은 물결
진달래꽃 필 때쯤
사랑을 가슴에 담아 온다는 소녀의 약속
꽃이 지고 나면
지워지는데

관객은 가고 없고
어떡하나
외로워진
진달래꽃은

이맘때쯤

그 소녀의 가슴에 또 필 거야

나의 봄

화창한 봄날이라고
쓰디쓴 다리에 힘을 넣어
거니는 들녘
강가 물소리
얼음 녹아 흐르는 소리
멀리서도 들리고
버들강아지 피어 있어
물새들 기뻐서 노래한다

어여삐 싹트는 생명들은
나를 보면 등 돌리고 웃는다
초라한 모습
저들이 알고 있다
나보다 더

쉬어 가야 할 듯
풀밭에 누워 하늘을 보니
처음 같은
보는 하늘
물어보자 흰 구름아

파란 하늘은 어디가 끝이냐

저렇게 아름다운 봄 하늘
두고는
나는 못 간다
잠들어 깨어나니
그래도
따스하게 햇빛이 덮어 주고
살며시
봄바람이 어루만져 주더니
봄은 서 있지만
봄날은 멀리멀리 찾아서 떠나가더라

반추(反芻)의 시간

물끄러미 바라만 보지 않고
바쁘게 걷고 있었다
행복이란 거기에 있었는데

나더러
매무새가 헐렁하다고
하더라

너더러
행복하느냐고
물었다

반추의 시간이 필요하다고 하더라
너와 내가 바라보는
물새는 저 멀리 먹이를 물고
함께 보금자리 찾아가는 모습만 보이더라

갖고 싶은 거 버려라
뭔가를 쥐여 주고
그 자리에 한참을 먼 산 바라보더니 떠나더라

행복을 버린 나 눈물이 난다
그것이 사랑이었기에

너는 나에게 행복한 사랑을 꿈꾸느냐고 물었고
나는 너에게 너무나 가난한 마음이라고 했고
나는 너에게
너는 나에게

지금 이 시각에 되돌아보니 서로가 행복을 빌었기에
잊지 못한 반추(反芻)의 시간을 간직했다
간곡한 애정의 꿈이었어라

고뇌를 벗고

어둠을 밟아라
지성은 머리에 이고
푸른 잔디 위에 서 있어라
푸석거리는 먼지
이 땅 위에 가득하니
다르지 않으냐
어떤가
차라리
번민하지 말고
잎 떨어진 가을 나뭇가지에
마음을 걸어 놓고
거기에 싹틀 때 고뇌를 벗고
봄이 되어라

가을 산언덕에서

그대와
손잡고 거닐던 산인가
그리운 얼굴 떠올라
단풍잎 모아 보지만 그대의 사랑은
모이지 않네
그대의 모습이 아닌 가을바람에 날리는 낙엽뿐이고

왠지
여기까지 왔을까
오직 그대의 손길만이
숨 쉬고 있기에
그대의 열정 남아서
삶을 숨 쉬고 있기에
꺼져 가는 가슴속 등불이
타오르고 있기에
왔네

그런데 몰랐던가
홀로인 것을
큰 바위에 올라앉자 바라보는

하늘은 하늘만 보이고
땅은 땅만 보이는데
오직
그대만이 보이지 않구려

가는 길 산새마저 떠나고

인적 드문 오솔길에
억새꽃만이 나부끼고
그대가 좋아하던 산국화 곱게 돌 사이 피었는데
그 모습 너무 쓸쓸하도다

그대여
그대는 어디서 사는가
하루가 천 일 같은 세월의 시간
길지도 않으련만
왜 이리 지루한가

가을 산언덕에
그대와 앉아 있는 그림 그려 보고

낙엽만 날리기에
가을바람 가슴에 담아 보았지만
그대만의 따스한 가슴이 아니로다
그대의 아름다움을 내 눈에 담아 두고
언제까지
기다려 볼까

칠석날을 기다리기에는
기약 없는 꿈이라는데
가을바람 부는 산언덕에서
가을마다 기다리련다

울지 못하는 사슴

나는 모릅니다
울고 태어나서
이승에 왔기에
배울 것 다 배우고
어른이 되었어도
그때로 돌아가서
아무것도 모르고 울고 싶을 때가 있었지만
배운 것이 있어 울지 못합니다

이 세상에 모르고 왔다가
이 세상에 험한 것 알고 보니
이 세상 이렇게 살아왔으니
이 세상 누군들 탓하지 마오

자비와 사랑이라는 소문
모르고 왔으니
그냥 두면 되지 않은가요
묻고 답합니다
자비와 사랑으로
사슴은 울지 않고 언덕에서 풀만 뜯고 있다

인기

인기는 꽃이다
꽃필 때 화려하고 향기롭고
웃는다
꽃이 질 때 서운하고 아쉽고
쓸쓸하다
그러나 꽃은
꽃잎이 지고 나서 열매를 맺더라

아가의 봄나들이

벚꽃 꽃잎이 날리는 날
두 사람 첫사랑
천사 같은 아가

앞서는 아빠
뒤서는 엄마
아가는
아장아장
뚜벅뚜벅
따르고

부는 바람에 넘어질까
새들이 모여들고
흰 구름은 그늘로 감싸 준다

아가는
아장아장
뒤뚱뒤뚱
기저귀 신사가
엄마 아빠더러

웃으며 푸른 하늘 보라고 가르친다
하늘도 행복한가 맑디맑다

그림을 보면서 1

그림이
좋은 그림
태고의 인연에 엮인
걷는 두 발짜리가
강력한 햇빛 아래
무엇을 할까가 그려진 그림

삶의 추상화
나름대로 다듬어진 꿈꾸는 조화

드넓은 세상을 딛고
어느 정도 먹고 나니
사실 그대로 자연 그대로
주름진 얼굴을
그 위에 아름다운 산과 하늘을
그 아래 푸른 광야와 유유히 흐르는 강물을
세월이 가는 것을 따라가며 그린 그림
정점(頂點)에 왔다

아가가 좋아하는 난해한 그림

키 작은 노란 민들레

이젠

더 그리지 말고

기왕 그려진 그림에 덧칠은 어리석다

꿈 이야기

어젯밤 나는
꿈을 꾸었다
그것도 나는
화전민으로 태어났다

행복했다 무척
받는 것
얻어 오는 것
그것이 아니었다

없는 것 찾는 것
갖지 않는 것
이것이 좋았다

그림자에 선 자가 아니기를
이승의 꿈이었다

그림을 보면서 2

좋은 그림 걸어 놓았다
삼신(三神)의 점지로
세상의 주인공이 눈을 뜨고
하늘을 떠받들어
땅 위에 서 있는 그런 그림
바람도 세월에 흔적을 남긴지라
삶의 공간에서
다듬어진 그림
거울에 비추어 보니
웃고 있다

둥지의 새

철없던 나의 앞에
그 어느 날
새들이 창틀에 기대어 운다
아무도 모르는 성난 바람결
무섭고 무겁다

눈빛은 길을 잃어
깜박이는 촛불이 꺼질라
가련한 사랑
마음을 보탤까
온몸에 머물러 흐르는 고뇌
미움도 고움도 아닌 너와 나

우두커니 서서
바라보다 생각하다
살아야지 살려야지
내가 엄마야
가슴이 외쳤다

눈 감으면 떠오르고

눈뜨면 아프다
잠들면 꿈속에서 운다
어두운 밤하늘에 별 하나 떨어질 때
슬프지 않은지 울음도 없이 잠든다

둥지에 눈동자 깜박이는 새들아
엄마가 사랑한다

부침(浮沈)

어젯밤 시끄럽더라
아침 이슬방울에 알려진 소식
햇빛이 뜨니
지워지고
아무렇지도 않은 듯 조용하다

모개나무 추억

머나먼 고향 집
샘등 위
황토 언덕에 사는
모개나무
나하고 같이 자랐다

나의 웃음
나의 마음
나의 생각
나의 모습
담긴 모개나무

그도 나도
쉬어 가지 않는 세월에
그 옛날
흔적만 남아 있다

파행(跛行)

사발 접시 깨지는 소리에 놀란 시어머니 어디로 갈꼬
젓가락 떨어지는 소리에 놀란 아버지 어디로 갈꼬
지팡이가 없다

봄은 오는가

봄이 오고 꽃이 피어
들뜬 사람들
거리의 비탈길에
앞서더니
뒤서더니
지칠 줄 모르고 뛰었다

뒤뜰에 하현달
조롱박 넝쿨에
달빛이 비치니
추수하는 계절이 오고
넉넉지 못한
마음 한구석 가련하지만
나도 모르게 지나갔다

잎사귀 떠난
헐벗은 나무 아래서
지난날을 회상하고 나니
찬바람만 분다
겨울이 지나고 나면 봄은 오는가

상심(傷心)

일월도 구름에 가려지면 어두워진다
상한 마음도 내 마음이다

성가신 일들 묻어 두고
고요한 산골 둔덕
억새풀 속에 들어가 보아라
달빛 바람에 나부끼는 풀잎을 안아 보아라

달빛에 눈동자 적시고 나면
아픈 마음은
바람과 속삭이는 억새풀이 가져갈 거다
마음의 창 속에
경이로운 세상이 항상 기다린다

소쩍새 우는 달밤

창문으로 비추는
푸르스름한 달빛
하얀 듯한
달밤
초저녁 추녀 머리 위에 뜬 달이
서쪽으로 기울고
자정 넘어 뜰아래 비추던 달
서운한 듯 서쪽 산머리에 걸려 있구나

고요한 산사에
달빛이 내린 노송(老松) 아래
밤을 지새우며 우는 소쩍새
왜 그리 서글피 울까
잠 못 이룬 밤
만상이 가슴속을 오가는 사이사이
너와 나는 참으로
서로가 닮는가 보다

울지 마라
달이 지고 나면

바다에 파도도 멀리멀리 밀려가고
너도 나도 편할 것이다

조각 친구

한세월 옛터에
낙엽이 질 줄 모르고 살다가
순간 떠난
나의 조각 친구

개울가 거닐던
의연한 친구
물새야

수많은 밤낮 동안 나와 함께
웃어 보고
좋아하고
바라만 보는 인사에도 정다웠다

삶의 한편에 기대어
그랬듯이
해가 저무니
어쩔 수 없이 떠나 버린
나의 조각 친구

비바람 태풍이 한차례 모질게 지나간 후
간다는 말도 없이
가 버린
나의 조각 친구
지난날 네가 놀던 그 자리에
갈대숲만 무성하다

가을 연가

사랑을 아는 사람들 우수(憂愁)의 계절에
상수리나무 아래 떨어진 도토리 다람쥐가 안고 간다 해도
나는 결코 당신 곁을 떠나지 않았어요

어느 가을인가
오후 서늘한 바람 부는 나무 아래서
기약 없이 내 마음 가져간 사람 아련하여
아무 생각 없이 바라다보는 저 산등성이에
간혹 서성인 듯 보입니다

내 마음에 들어와 있는 당신을
내 맘 밖으로 보낼 수가 없었답니다
서로가 무엇을 바라보아도
영글은 계절은 잊히지 않고 세월의 모둠은 남아 있습니다

산새들을 좋아하고 나무 위에서 음향을 흘리고 춤춘다고

허름한 당신이라고 웃을 때
운명은 네가 울 거라고 비웃습니다
그래서인지

광폭의 날개를 펴고 나는 기러기 떠나면서
뒤돌아보는 애틋한 아쉬움이
내 마음을 어루만진 당신과 항상 같이 가라고 합니다

상강이 지나니 나뭇잎들은 물들어
흔드는 바람결에 흩날려 미련의 아픔을 담고 떠나고
돌아올 미래가 없어진 내 가을의 정취
싸늘한 연민만이 갈 곳 잃고 기웃거립니다

사랑을 모르는 계절인 양 깊어 가는 가을
삶의 정은 깊어 오고
사랑의 정은 어둑한 기억일 뿐
지우지 못하고 쉬고 있는 순간입니다

한 겹의 옷을 벗어도 지워지지 않는 지나 버린 시간 속에
마음에 어둠이 오면 보이고
밝아지면 보이지 않는 사람
가을이기에 허상인가
수많은 세월이 흘러가도 당신의 가슴속에 가 보지 못했답니다

스산한 계절

구름 타고 떠도는 들뜬 마음속으로 다가갈까 달려 보지만

종착역을 모르는 무한궤도에 서 있기에

떠나 버린 정은 이 가을에도 돌아오지 않는가 봅니다

진화(鎭火)

비가 오너라
비가 오냐
소식도 가져왔느냐
잘 왔다
왔으면 세차게 내려라

불타는 대지 위에
목마른 가슴속에
오너라

억수같이 퍼부어라
날뛰는 불꽃을 잠재워라

실연

첫사랑에 우는 사람아
그리워한들
오겠느냐
책장을 그냥 넘겨라

이렇게 맑은 하늘
저렇게 푸른 강산
네 안에 가득한데
고까짓 것 뭐냐
애태우지 마라

초로인생(草露人生)

'유(有)'
과거에서 받았다
현재에 보유하다가
미래에 주었다

'무(無)'
과거는 없다
현재는 가고 있다
미래는 소멸한다

인생이란
참으로 우습다
유(有)와 무(無)는 생각이다

끝난 영혼은 떠났다

지우개

때 묻은 옷을 빨려고 하니 아차 하는 생각
때 묻은 마음을 지우려 하니 허무함
때 묻은 곳에도 그래도 남은 것이 있을 텐데 씻기면
어떡하나

뒷산에 오르니 키 큰 나무들이 차곡차곡 서 있다
잊었나 했던 너의 모습이 깊은 산속에 차곡차곡 모르게 쌓여 있으니
어떡하나

강가를 거닐다가
잃어버린 너의 잔영(殘影)이 강물 위 떠올라
미움과 고움으로 돌고 돌아 새로워지니
어떡하나

봄날이기에 핀 들꽃은 시기하는 꽃들에서 멀리멀리 외롭게 피어 있었는
데
너의 야무진 돌아섬에
바람과 함께 꽃향기 날려 향기마저 가져갔으니
어떡하나

장마에 길 떠나
둘이서 우산 하나에 우습게 머리만 가리고
너와 내가 무슨 생각으로 서로를 쳐다보았을까
그 생각 지금도 모르니
어떡하나

가을 나무 잎사귀 서럽게 낙엽 되어 구슬픈 바람 소리에 날려
떨어지니
마음도 우수수 떨어져 따라가다가
그리움에 못 잊어 단풍잎 주워 들고 서성이니
어떡하나

이제는 이런 거
다 지우고 남겨진 곳에서
가난한 마음 편히 쉬게 하련다

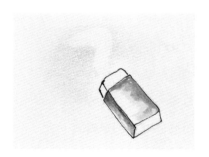

메밀꽃 필 적에

한적한 산기슭
다랭이 메밀밭에 핀 꽃
푸르고 푸른 하늘 아래
은은하고
순결하고
말 못 할 사연을 안고 가는 아쉬운 마음같이
연인들의 밀어가 속삭이듯이
야트막한 정이
숨 쉬는 메밀꽃

살랑살랑 불어오는 바람에 마중하여 웃는 꽃
따가운 햇빛 아래 다소곳이
비가 내리면 청순하게 고개 숙인다
며칠이고 보아 온
메밀꽃 구름 속에 서면 마음이 편하다

고요하고 잔잔한
메밀꽃밭에서
그대가 보이지 않아
아까운 세월 아끼려고

아무리 쥐어짜도 세월은 가더라

가을이 오기 전에

가슴속에 허구의 정 하나만 담아 가련다

오늘과 내일

하루를 시작하면서 내일은 모르겠다
아침에 떠오른 찬란한 태양을
창문 앞에 서 있는 커다란 삼나무를 보면서
한나절 하늘에 흰 구름과 회색 구름이 섞이는 아름다움을
어린 손자가 할부지 부르는 정겨운 목소리
푸른 산언덕 멀리서 바라보는 마음
내일 또 보고 듣고 느낄 수 있을까

의문을 마치고 나면
기억이 쌓여 존재를 확인할 수 없는 아쉬움에
노크하면 문이 안 열린다
갈 길을 멈추고 이제라면
할 수 없지

전설

풀씨
하늘을 날다가 내키는 대로 쉬면서
새들의 노랫소리 듣고 한가하게
땅에 떨어져 피어나는 바랭이풀
옆집 강아지풀까지
밭고랑에 성가시게 퍼진다

흙에 오신 덜 반가운 손님
어머님 호미 끝이 닳도록 캐어 내니
호미 날이 닳아
대장간 불 속에서 다시 태어난다
하얀 어머님이 환히 웃는다
이마에 땀방울을 이고서도 환히 웃는다

불덩이 같은 삶의 욕망을 안고
어머님이 살아온 그 모습
호미 날 끝에 전설로 남아 있다

환상

번뇌는 재 넘어 바람 따라갔다
우스꽝스럽게 무념(無念)은 사치스럽다

꿈적도 안 하는 바람
그럴 거라면
선풍기가 만든 바람이 분다
모기 한 마리가 쓸려 떠나간 자리에
눈물 흘린 잠자리가 날아와서 날개바람을 보탠다

여기까지 와서
이제야 무슨 생각으로
꽃씨를 날리려고
그 바람에 기대어 보지만
어리석은 사람아
임자 없이 사는 사람아
땅거미가 내리리니
비어 있는 사방에서 웃음소리만 들린다

미로에서
꿈꾸지 마라

구름은 너의 가슴 위에 떠 있더라
강물 위에 바람이 일고 있으니
구름은 속절없이 흩어질 것이다
거꾸로 걷는 자
여윈 너의 모습만 남아 있구나

보리밭

늦은 봄날
고향 정거장에 내려 신작로에 들어서니 길 양쪽 드넓은 보리밭
짙은 초록에 곱게 자란 보리
그래서 고향이구나

불어오는 바람에 나부끼는 초록 물결파도야
시원한 바람 불어 가슴속 깊이 스며드는 풋보리 향기야
그리웠던 너를 보니
환희의 기쁨에 온 세상 한 아름에 안아 본다

내 들녘 푸르러 푸르러 푸르니
이런 것
저런 것
모든 것들이
보리밭 초록 파도에 휩쓸려 가 버린 채
오직 벅찬 지금이 있을 뿐이다

바람아 그치지 말고
공맹의 동남풍아 보리밭에 불어 다오
내가 초록 물결 보리밭에서 늙어 쓰러져도 탓하지 않으리라

미련

이미 다른 꽃을 안고 떠났는데
지나고 보니
가고 나니
볼 수도 없고
보이지도 않고
갔더라도
그만
푸른 하늘 생각만 납니다

오늘따라 창밖에서 세찬 빗소리
나의 빈곤한 밤
잠자는 고요함이 인도하는 곳
정겹고 아름다웠습니다

한 마리 물새가 물고 간 소식에 허락해 주신다면
강물 따라 유유히 흐르는 여유로움으로
기쁨이 넘칠 것입니다

멀리멀리 바라만 보는 기다림
세월의 늪 속에서

빈 몸으로 떠나야 합니까

물 위에 배는 가볍게 떠 있는데
물 위에 마음은 이다지도 무거울까요

물든 단풍잎이 아름답다고
봄날에 핀 꽃이 아름답다고
무슨 소용인가요
의미가 삭제된 그림같이
구체성 감각이 쓰러진 나무같이
보일까 들릴까
가물거리는 회상
미련만 남아 있습니다

허무한 약속

어렸을 적
장독대 초벌구이 항아리

어머님께 한 약속
날마다 한 숟가락씩 물로
가득 채우겠다고
꿈을 안고 즐거운 마음이었다

많은 세월 따라
세상이 춤추는 행복의 조건에 끼어들어
흐르는 강물처럼 흘러갔다

잡초가 무성한 옛집
처마 끝 낙숫물은 뜰 돌에 깊이 파인 자국을 남겼고
장독대를 남겨 둔 어머니
한설 풍파에 푸석푸석해진 채
그 자리 그 항아리
먼 산 바라보며 그대로인데
항아리에 물은 채우지 못하고
꿈은 사라졌으니

항아리 부둥켜안고

옛 시절 그리워한다

뜬구름은 인생을 구경하고

인생은 바람 타고 나뭇잎같이 날린다

민들레

봄은 왔고
산까치가 전해 오는 소식
민들레 피었다기에
찾아간 언덕
추억 속 남겨 준 그 얼굴
잊히지 않아
노랑꽃 만져 보고
먼 하늘
파란 하늘
보고 싶고 그리워 바라보는 마음
그사이
봄바람이 소식 없이 분다
민들레꽃 입술은 사르르 눈 감으며 웃는다
나는 홀씨 되어 날아갑니다

무지(無知)

시절도 모르고 한겨울에 핀 개나리
세상을 내다보니
눈이 내리네
시절도 모른다고 핀잔하는 자들은
시절에 임자가 있느냐
임자 있는 너보다
임자 없는 내가 더 낫다고도 하더라

혼자서

폭풍 속에 휘말려 살다가
이별을 감추고 살다가
살다 살다 보니
혼자서 잠자고
혼자서 먹고
까치가 창밖까지 와서 울어 주기는 하는데

하늘도 하나
땅도 하나
해도 하나
달도 하나
나도 하나이기에

비둘기는 둘이서 노래하고
소쩍새는 혼자서 운다

서리가 내릴 텐데
나는 지금 어디쯤 가고 있을까
나무는 늙어서 우람해지지만
초췌한 잔영은 혼자서 살고 있다

사랑하려면

사랑한다면 가을이 좋겠지요
사랑하는 연인을 만나는 것도 가을이 좋겠지요
그러면
반쯤 만나다가 이별한 사람은
사랑한다는 말을 어느 바람에 실려 보낼까요
바람이 불지 않는다면
비구름에
비가 올 때
그리움의 눈물을 빗물에 흘려보내세요

상상의 연인을 그렸다면
나뭇잎 들고 생각해 봐요
보일 겁니다

연인 곁을 떠나지 않으려는 꿈을 만들었다면
가을 나뭇가지의 품은 그리움으로 행복해질 것입니다

가슴속 사랑은
애증으로 한세월 보내게 될 터인데
사랑이 식어 잠들기 전에 가을 나뭇잎 따라 바람에 날려 가면 됩니다
연인은 잊지 않고 사랑할 것입니다

철부지

초생아야
나(自我)를 잊지 마라
달려라
하늘을 보고 웃고 달려라
땅을 밟고 울고 달려라
철없는 인생아
끝이 어디메뇨
세월은 너를 따라다닌다
먹을 것도 없는 세월은 가는 곳마다 따라다닌다

어느 날
노름판에서 살던
철부지 통곡 소리 들린다
아아 어찌하여
여기까지 왔는데

그런들
바람을 바꾸겠나
구름의 비를 멈출 수 있겠느냐
인생은 그렇다

쓸데없는 잡동사니 되어
뒤돌아보니 세월은 간 곳 없고
가야 하는 길이 없어져
울지도 못하고 웃지도 못하고 가만히 서서 생각하니
이제야 철이 든다

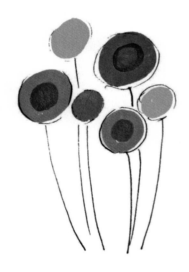

향기 없는 꽃

꽃은 향기롭고 아름답다
더해 행복하다

그러나

추운 겨울 메마른 가슴
산에 오르니
산천은 고요하고
마음도 고요하고
나무들은 잠들고
까마귀 우는 소리마저 고요하다

보아라

큰 바위 양지 외진 돌 틈에
산국화 철 늦게 피었다가
모진 눈서리 찬바람에
모양은 꽃으로 잠들고

이제는

반가워 꽃을 만져 보았지만
향기 떠난 꽃 산국화
너의 모습 남아
산자락에서 기다리는 마음
외롭게 끝맺이하고

지금은

향기 없는 꽃
그 자리에 내년 가을에 떠나지 말고 거기서 피어라
산국화 향기 찾아 내 인생 꼭 올 거야

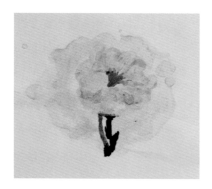

단풍잎의 온정

가을이라서
바람에 낙엽 날리고
나무들은 홀로 가지만 지닌 채
우두커니 서서
웃는 건지
우는 건지
말없이 서 있다

녹음이 우거질 때
바람 따라 흔들리던 나뭇잎은
붉은 옷 노랑 옷 갈아입고
지 엄마 지 아빠 떠나더니
바람과 함께 철없이 놀고 있다

조금 지나 가을은 가고
눈이 오면
단풍잎으로 지 엄마 지 아빠
이쁜 색동 이불로
얼은 발을 덮어 줄 거다

허울 좋은 노래

허울이 고운 사과가 많이 열렸다
모든 것들이 욕심 갖고 본다
사랑은 빗물이 호수를 채울 때 욕심을 버린다

허울 좋은 것들이
속 빈 껍데기들을 모아 놓은 쓰레기
그 무덤에 아파트가 지어진다
넥타이를 맨 검은 사람이 아파트에 들어간다
그 무리
그들은 사랑을 모른다
호숫가에 앉아 있어도
서로가 다른데
껍데기와 알맹이

새들과 물고기 노는 호수에
그들의 눈과 마음과 허상이 빠져들어 허우적거린다
너의 눈과 내의 눈은 초점이 다르다
삭막한 인정이 지배하는
방자한 허울 좋은 노랫소리만 들린다

모서리에 서다

열매는 동그랗게 열린다
열매는 사각의 모서리가 없다
열매는 해와 달을 닮아 항상 같다

모서리에 서면 추락할 수도 있다

남은 마음

저 너머 머나먼 곳에
두고 온 마음
차라리 가슴이 비어 있다면
서럽지 않으런만
세월이 간 후에
생각나니
눈 감으면 아른거린다

남아 있는 건
마음이라
지금이라도 받는다면
보내 주고 싶다

받아 준다면
잊지 못할 사랑은 멀고
갈 길은 어두워져도
미련이 남아 여로의 걸음걸이 바쁘고
마음은 행복하다

쇠가마우지

잠수는 잘해도
노래는 못한다
태초에 쥐여 준 운명대로 그 생김새인가
강물 위 떠도는 검은 물새
쇠가마우지

하늘이 천장인 줄 알고
물 위가 콩밭인 줄 알고
강물에서 밭갈이하다가 임도 만난다

그를 보며 가슴속이 타는 사람도 있다
헤엄쳐 떠난 사람
바람 타고 오는가 기다리는데
쇠가마우지만 떠오른다

강물은 흐르고
물속 뒤지는 쇠가마우지
물고기는 수풀 속에 잠자고 있다

너의 모습

나의 모습

바라본다

삶의 방식

젖은 날개가 가엽다

동백꽃

동백나무 잎사귀
오동포동 덕스러운
여인의 손목

꽃은
숨죽이고 바라보아야 하는 아름다운 꽃
어느 누구도
그녀 안에 들어가지 못한다
동백나무 아래서 잠잘까

한설이 내려도 잠들지 않고
사랑이 오면 웃어 주려고
빵긋이 빨간 입술 꽃 피워
달빛을 담고
별빛에 씻기고
찬바람 찬 이슬에 담그고
마녀가 건드려도
그 자리 그곳에 있으면서

오직 하나만 기다리는 그이기에

꽃은 떨어져 없어져도
꽃을 쳐다보지 못하고 살았으니
동백꽃 방랑자는 불쌍하구나

산에도 눈이 오네

정이 없는 하얀 눈이 산에도 내리네
정을 담은 함박눈이 들녘에는 내리네
하늘의 은하수 눈 되어 내리네

바람도 없이 내린 눈이
지나온 발자국 흔적을 지우고
마음속 깊은 곳에 눈이 내리네

어제는 산토끼 뛰고
오늘은 고라니가 뛰고
하얀 마음으로 복 받고
우울한 여정에도 웃음 짓고
송이송이 사연을 안고 내리네

더 많이 내려라
오는 임 돌아서게 내려라
산 친구
노루의 맑은 눈망울을 적시지 않게 내려라

새들이 날면서 눈송이 이고

임의 머리 위에 내리니
임의 소식이라고 즐거워하네

정겨운 눈송이
마냥 가슴에 쓸어 담아
강물 위에 내려 주니
강물에 녹여 그 마음도 흐르네

광야에 들풀 외로울 때
산자락 산국화 외로울 때
눈송이 이불로 덮어 따뜻하게 하고

눈아
산에도 오는 눈아
또 내려라. 또 내려라
어머님 물동이에도 내려라
산에 사는 저들과 눈 속에 꽃씨를 안고 잠자련다

봄이 오면

봄이 오면은
봄이 또 오면
꽃은 필 거고
꽃이 피면 사랑하고
사랑을 잊어서
방황해야 하는 마음에도 꽃은 필 거고

따스한 창가에 오는 봄은
그리움이 살짝 떠오를 때

새싹들이 땅 위에 고개를 내밀어
햇빛을 맞이하는 봄은
이리 보고 저리 보고
지난 세월 찾아본다

나에게 봄이 온다면
강남 제비와 처마 끝에 집을 짓고
오손도손 살고 싶다

풍경

눈과 마음에 담으려
구경하러 간다

소식은 바람에
하늘은 눈으로
사막은 그대로
구경하러 갔다

조약돌은
파도 소리가 끌고 다녀
그 소리
슬픈 노래
사랑을 품은 소리
알아보고

화려한 그늘 아래
빛바랜 두 사람이
무정한 침묵으로
뜬구름 같다 하여
떠났다는 소문 듣고

아무도 모르게

구경을 끝냈다

옛집을 찾아

이 집이 지어진 후에
태어났고
샘물은 맑은 물만 솟아나는 곳

떠돌이 장돌뱅이 되어
기웃거리다가
황소가 내 친구 되어
세상살이 알아서 살아라
뒷발에 얻어맞고

얼마나 지나서 찾아간
옛집은
처마 끝부터 보이는 옛집
너무나도 좋아
맨발로 뛰어 기둥을 움켜 안고
빈손으로 왔소

초점

한참 조용한 가슴의 시야가
높은 하늘의 별을 보고 있다
깜박이는 수많은 별
반짝이는 북극성을 바라본다
길 잃은 자의 초점이란다

방황하는 자
길을 잃은 자
주저하지 말고
이제는 가야 하는 곳에
표적의 초점을 맞추어라

세상사 미소로 끝내고
바라보는 머나먼 초점은
가슴에 넣어 두고 살면 편하다

개방

추우니까 얼고
더우니까 녹고
얼부풀려진 마음에
꽃씨 몇 개 심어 놓으니
가슴속에 자라고 있다
이른 봄쯤 꽃이 피면
가슴을 활짝 열어 놓을 거야

지구를 떠날까

지구가 가벼워지고 있다
무거워진 어느 행성에
나비 한 마리 데리고 가서 살고 싶다

미로의 낙원

나비가 날아가는 곳
낙원
따라가려고
그리운 사람 두고 떠나야 했는데
날개바람에
기다리는 가슴은 춥다

오늘은 가까이 다가오기에
뜨거운 가슴에 기대어
머나먼 지나온 길 기억하고
날개 접는 모습 귀엽다

꽃잎에 앉아서 웃는
나비야
이슬이 내려도
너를 따라가지 않고 어디로 떠나겠느냐
꽃이 피어 있으면 너도 있고
보기 쉬운 눈동자 깜박일 때
낙원의 미로에서 너를 찾을 거다

벌바위

언제나 변함없이 오늘도 서 있구나
세월이 흘러가는 걸 아는지 모르는지
인생길 힘겨웠어도 너를 보면 행복하다

강풍이 후려쳐도 한설이 할퀴어도
그대로 너인지라 우는 건지 웃는 건지
그 누가 알겠느냐만 네 마음은 내가 안다

어젯밤 꿈속에서 너랑 나랑 벗이 되어
여보게 여기 왔네 내 안에 들어오소
지나온 풍상의 세월 잊고 살자 다짐했네

그리움의 잔상을 다독이는 성숙한 인생별곡

이광녕(문학박사, 시인, 수필가)

　함부로 드러내지 않음은 현자들이 말하는 인생철학의 중심 처세법이다. 노자는 "양가심장약허(良賈深藏若虛) 군자성덕용모약우(君子盛德容貌若愚)"라고 하여, "좋은 상인은 쓸 만한 물건은 없는 듯이 감추고, 군자는 덕이 높더라도 어리석은 듯이 한다"고 하였는데, 바로 조영두 시인님이 이러한 성숙한 처세법을 실천해 오신 현자이신 듯하다. 조 시인님은 국가고위행정직으로 체신부에 근무하셨고, 우체국장직에 오랫동안 종사하시다가 정년퇴임을 하셨는데, 높으신 학덕도 경륜도 잘 드러내지 않으시고 그저 '질병으로 전전하다 학문도 제대로 쌓지 못하고 많이 부족한 사람'이라고 겸손히 낮추신다.

　조영두 시인님은 굴곡 많은 험곡의 골짜기를 지나온 우여곡절의 인생

배달부이시다. 이번 시집의 작품 세계에는 이러한 조 시인님의 인생 역정 속에서 체험한 아쉬운 석별의 정한과 그리움의 정서가 파노라마처럼 펼쳐져 있다. 요즘 들어 우리 사회에 고령화 인구가 급속도로 늘어나면서 노인에 대한 경시풍조가 눈살을 찌푸리게도 하는데, 조 시인님의 글은 지긋하신 연세임에도 불구하고 젊은이 못지않은 색다른 춘심이 끓어오르고, 중후한 신선감이 넘쳐흐르고 있어 독자들의 물빛 정서에 큰 감동을 제공해 주고 있다.

특히, 황혼녘에 겪어 낸 이별의 체험을 차원 높은 피안 세계의 꿈의 경지로 승화하여 성숙한 인생의 긍정과 깨달음의 미학을 제공해 주니, 그 독특한 사랑 감성과 정서가 매우 인상적이다.

필자는 이러한 조 시인님의 작품 세계를 크게 다섯 분야로 대별하여, 그 정서적 가치와 인간미, 그리고 문학적 특성을 살펴보았다.

1. 본향을 그리는 진솔한 인간미와 귀소 본능

'수구초심(首丘初心)'이란 말은 여우가 죽을 때에 자신의 고향 쪽을 향해 머리를 돌리고 죽는다는 뜻이다. 동물도 자신들의 영역이 있고 고향에 대한 애착이 그리도 간절한데, 하물며 인간으로 태어나서 어찌 자기가 태어난 본향에 대한 애착이 없을 수 있겠는가?

'어머니'는 누구든지 그 마음 바탕에서 지워질 수 없는 영육의 원점이요, 본향이다. 피는 물보다 진하기에 영혼이 꺼질 때까지 어머니는 늘 마음속에 자리 잡고 계시다. 어머니는 자식의 입장에서 보면 어떤 때는 보호자로, 어떤 때는 신성한 존재로도 부각되어 자신을 이끌어줄 구원자요, 수호신으로 떠오르기도 한다.

　인간이나 동물이나 본향을 찾아가는 심리는 하나의 본능이리라. 그러기에 작가들이 어린 시절의 추억과 함께 향수심과 어머니를 읊어 마음 속내를 표출하고 있는데, 조 시인님의 경우는 그 시적 감성이 더욱 절실하여 큰 감동을 주고 있다.

　　어머니
　　어디 계십니까
　　배가 고픕니다 / 황량(荒凉)한 벌판에 모래바람이 붑니다

　　나는 기도합니다
　　그렇지 않으면 견딜 수가 없습니다
　　모든 것 후회하지 못합니다 / 나를 버렸습니다
　　나는 보이지 않습니다

　　귀뚜라미 한 마리가 / 내가 먹는 밥그릇에 오줌을 누고 갔습니다
　　어머니 / 보글보글 끓는 된장국에
　　밥 한 그릇 담아 주십시오 / 배가 고픕니다
　　-「절규(絶叫)」 전문

　이 글은 전혀 현학적이거나 수사적이지 않다. 아무런 기교나 꾸밈이 없이 그저 말하고 싶은 그대로 아이들처럼 기탄없이 호소하고 토로하고 있다.

아무리 인간이 성숙하여 노인이 되었다 할지라도 어머니 앞에서는 영락없이 철없는 어린아이가 되니, 어머니란 존재는 영원한 구원자요, 수호신임에 틀림이 없다. 험난한 세상에 홀로 남아 모진 세월, 갖은 풍파를 겪어 내고 있는 화자는 이러한 자아의 서러움을 어머니를 향해 어린아이처럼 기탄없이 절규하고 있어 독특한 시적 인상을 풍기고 있다. 얼마나 그립고 간절했으면, '배가 고프다'고 인간의 기본적인 욕구를 드러내며 절규하고 있을까? 기도를 해도 해결되지 않는 자신의 절망적 처지가 처절하기만 하다.

이 글에서 주목을 끄는 시어는, 내가 먹는 밥그릇에 오줌을 누고 간 그 '귀뚜라미 한 마리'다. 이 못된 '귀뚜라미'의 정체는 무엇일까? 아마도 험난한 인생길에서 만난, 조악한 훼방꾼을 비유했을 터이다. 밥그릇에 더러운 오줌을 누고 갔으니 밥을 먹을 수가 없는 것이며, 그러기에 더욱 생명의 본향인 어머니의 사랑이 담긴 손길, 모정이 그리워 그 옛날 된장국이 더욱 그리웠던 것이다.

작가의 진솔한 본향 의식이 아무런 과장이나 꾸밈이 없이 고백하듯, 호소하듯 솔직담백한 문체로 전개되어 있어 독특한 인상을 주는 글이다.

풀씨 / 하늘을 날다가 내키는 대로 쉬면서
새들의 노랫소리 듣고 한가하게 / 땅에 떨어져 피어나는 바랭이풀
옆집 강아지풀까지 / 밭고랑에 성가시게 퍼진다

흙에 오신 덜 반가운 손님 / 어머님 호미 끝이 닳도록 캐어 내니
호미 날이 닳아 / 대장간 불 속에서 다시 태어난다

하얀 어머님이 환히 웃는다 / 이마에 땀방울을 이고서도 환히 웃
는다

불덩이 같은 삶의 욕망을 안고 / 어머님이 살아온 그 모습
호미 날 끝에 전설로 남아 있다
-「전설」 전문

　문인이 되기에는 시골 출신이 훨씬 유리하다. 성장 과정에서 자연스
럽게 대자연과 벗하면서 정서적 안정을 찾게 되고, 또 시골 인정을 접하
게 되는 아름다운 추억의 계기가 많기에 본향 정서가 도시인에 비해 더
많이 축적되어 있기 때문이다.
　이 글을 읽으면 고려가요 「엇노리」, 즉 「사모곡(思母曲)」이 떠오른다.
아버지의 사랑보다 어머니의 사랑이 더 크고 지극하다는 것을 호미와
낫에 비유하여 읊은 노래다. 「사모곡」에선 어머니의 사랑을 노래하면서
‘호미도 날이지만 낫같이 들 리가 없다’고 하였다. 문맥으로 보아 아버지
의 사랑을 호미에다 비유하고 어머니의 사랑을 낫에다 비유하면서, 어
머니의 사랑이 아버지의 사랑보다 더 예리하고 깊은 정임을 표현하고
있는 것이다.
　그러나 시골 출신인 필자는 윗글의 작품 「전설」의 내용처럼, 어머니의
사랑을 ‘호미’에, 아버지의 사랑을 ‘낫’에 비유한다. ‘호미’로 잡초를 제거
하여 김매기를 하고 그루밭 고랑 북을 돋아 주던 밭일은 주로 어머님의
몫이었기 때문이다.
　무시로 밭고랑에 풀씨가 떨어져 잡초가 기승을 부리면 어머니는 호미

끝이 닳고 손끝에 피가 흐르도록 흙을 파헤치고 풀을 제거하여 밭고랑에는 어머니의 피땀이 얼룩져 마를 날이 없었다. 그래서 효심에 가득 찬 이 글의 화자는 어머니의 삶이 "호미 날 끝에 전설로 남아 있다"라고 노래하였다.

산업화, 도시화와 농기구의 발달로 호미의 쓰임새가 뜸해진 지금, 아직도 '호미'는 전설처럼 어머니의 곡진한 삶과 사랑, 그리고 땀방울이 배어 있는 향수 어린 전통 농기구로 살아남아 있다.

차가운 별빛이/ 그대 / 가슴에 떨어질 때
태평양 바닷물 속에 조용한 물보라 칠 때
나는 하늘을 날아가고 있다

행선지가 없어진 겨울을 헤매는 뱀처럼
어느 무인도에 내렸다
비웃는 숲과 나무 / 친구 삼아 며칠을 살아 보고
하얀 은빛 모래 한 줌 주머니에 담아
세상에 선물하려고 / 그곳을 떠났다

남극으로 헤엄쳐 건너갔다 / 돌고래가 태워 줬다
펭귄이 업어 주더니 / 돌덩이 얼음 펭귄이 되어 버렸다
얼마나 슬픈지 울다가 잠들었다

잠자리가 나를 업고 / 울타리도 없는 우리 집 고향 마당에

덩그렇게 놓고 떠났다

－「탈출」전문

　이 글을 읽으면 김춘수와 이승훈의 무의미시나 비대상시와 유사하다는 생각이 떠오른다. 실제로 존재하지 않는 대상을, 의식의 흐름(Stream of consciousness)에 따라 작가의 자유연상 기법으로 시상을 전개시켜 나간 시적 감성이 독특하기 때문이다. 성경 누가복음(15장)에 '돌아온 탕자' 이야기가 나오는데, 아들이 자기만의 인생을 살겠다고 가출하고 여행하면서 온갖 방탕한 생활을 하다가, 결국엔 제정신을 차리고 집으로 돌아온다는 귀향 미담이다. 집으로 돌아가는 방랑자의 귀향은 자기를 향한 고향의 안온한 사랑이 되살아날 때에 시작된다.

　이 글에서는 하늘을 날다가 뱀처럼 되어 어느 무인도에 내리고, 거기서 비웃는 숲과 나무를 친구 삼아 며칠을 살아 보다가, 그곳을 떠나 돌고래와 함께 남극에 도착하고, 거기서 펭귄이 업어 줬는데 돌덩이 얼음이 돼 버려 슬퍼서 울다가 잠들었는데, 나중에는 잠자리가 업어 줘서 고향 집 마당에 덩그렇게 놓였다는 서사적 여정이, 꿈속 같은 이야기로 전개된다.

　이러한 시상의 전개는 몽환적이기는 하나, 복잡한 현실의 탈출 심리가 작가의 의식의 흐름을 타고, 은연중에 따뜻한 부모님의 사랑이 서리어 있는 본향으로 되돌아가고자 하는 회귀의식으로 전환되어, 시적으로 잘 표현된 예라고 여겨진다.

2. 인연의 끈을 놓지 않는 소박한 인정과 사랑

조 시인님의 작품 세계는 심오하고 그 시상 심리의 펼침도 광대무변하여 핵심을 파악해 내기가 쉽지 않다. 팔십 중반의 그윽한 연세임에도 불구하고, 놀랍게도 시상이며 문체가 다 고답적이지 않고 젊고 신선하다.

인생을 관조하고 되돌아보는 자아성찰 의식과 내일을 바라보는 소망 의지도 원로답게 성숙하지만, 푸르른 감성이 여기저기 쑥쑥 돋아나 있다. 어버이로서의 책임과 분방한 개체적 삶에 대한 욕구가 상충되면서 겪어 내야 하는 갈등 양상도 여러 곳에서 엿볼 수 있다. 인생을 고해(苦海)라 하였는데, 이러한 작가의 성향이 표출해 내지 않으면 안 될 표현 욕구로 분출되어 색다른 시편으로 선을 보이고 있어 눈길을 끈다.

철없던 나의 앞에
그 어느 날 / 새들이 창틀에 기대어 운다
아무도 모르는 성난 바람결 / 무섭고 무겁다

눈빛은 길을 잃어 / 깜박이는 촛불이 꺼질라
가련한 사랑 / 마음을 보탤까
온몸에 머물러 흐르는 고뇌
미움도 고움도 아닌 너와 나

우두커니 서서 / 바라보다 생각하다
살아야지 살려야지 / 내가 엄마야

가슴이 외쳤다

눈 감으면 떠오르고 / 눈뜨면 아프다
잠들면 꿈속에서 운다
어두운 밤하늘에 별 하나 떨어질 때
슬프지 않은지 울음도 없이 잠든다

둥지에 눈동자 깜박이는 새들아
엄마가 사랑한다
-「둥지의 새」전문

이 글 속에서 '엄마'와 '새'라는 시어는 그 실체에 대하여 여러 가지 추
측을 가능케 하지만, 이 글 서두에는 분명히 화자가 '나'라고 드러나 있
다. '함축적 의미'라는 시어의 특징을 고려할 때, 시상의 전개 양상으로
본 '새'가 거느린 자녀들을 비유한 시어라면, 당연히 '엄마'는 부모를 대유
적으로 표현한 아버지일 터이다. 동물들의 세계에선 부모와 새끼 관계
를 일반적으로 '어미와 새끼'라는 개념으로 인식하고 있지 않은가? 아마
도 뜻하지 않은 이별로 어머니의 정을 못다 받은 자녀들에게 아버지가
연민의 정으로 가슴이 아파 "내가 엄마야"라고 외치며 그 사랑을 대신하
였으리라.
　눈빛이 길을 잃고, 깜빡이는 촛불이 꺼질라, 가련한 사랑 어찌 마음을
보탤까 하며, '살아야지. 살려야지. 눈 감으면 떠오르고 눈뜨면 아프다'
며, "둥지에 눈동자 깜박이는 새들아 엄마가 사랑한다"라는 애절한 절규

가 부모와 자식 간 인지상정의 시적 감성으로 스며들어 읽는 이의 가슴을 친다.

이 글은 모진 세파에 시달리고 있는 현실 속에서 아버지로서의 사랑과 책임을 다하지 못한 화자의 서글픈 심정과 회한이 절절히 흐르고 있어 색다른 감동을 주는 시다.

먼 길을 기웃거리며 왔는데
해가 저물면 서성거린다
까치 한 마리가 창문에 기대어 운다
해가 밝으면 가겠다고 / 발톱으로 긁는다

나는 모른다 / 어둠이 내리면
왜 외로워지는지 모른다
내가 착각할 수도 있다

울면서 내린 비를 맞으며
살아서 서쪽으로 가는 길 같이 가자고 한다

세상 구경만 하고 아무것도 해 놓은 것이 없는데
그건 까치도 안다고 한다
노을 진 석양에 바라본 허공
늦게까지 이어진 생은 / 서쪽까지 더듬더듬 걸었다

산사에 종소리 아련히 울려오고
솔가지 타는 내음 향수에 기대어
원점이 그리워 내가 울고 있는가

갈대숲이 세찬 바람에 울어도
까치가 울지 않고 따라왔기에
나는 해 질 녘 아름다운 하늘 아래 서 있으련다
－「까치는 안다」 전문

이 글에서 눈길을 끄는 시어는 '까치'이다. 까치는 예로부터 기쁜 소식을 전해 줄 뿐만 아니라, 오작교(烏鵲橋)를 만들어 견우와 직녀를 만나게 해 준다는 길조로 여겨져 왔다. 그런데 이 글에서 까치는 창문에 기대어 울면서, 해가 밝으면 가겠다고 창문을 발톱으로 긁으며, 비를 맞으면서도 살아서 서쪽으로 가는 길 같이 가자고 한다 하니, 그 애틋한 사연이 매우 상징적이고 심오하기만 하다.

이 글에 나타난 정서는 어찌할 수 없는 사랑 체험의 갈등 심리요, 교감이다. 창문가에서 비를 맞으며 발톱으로 긁는 행위는 일종의 구애적인 '사랑 세레나데'일 터이다. 사랑하는 반려자, 또는 연인과의 피치 못할 사정으로 인한 이별을 체험하였을 때, 이러한 상황은 전개된다. 화자는 이 글에서 "어둠이 내리면 왜 외로워지는지 모른다"라고 하였는데, 어둠이 내리면 그리움이 찾아오고 사랑의 전령사인 까치가 찾아와도 만날 수 없는 처지이기에 더욱 외로움은 증폭되기 때문일 것이다.

세상은 차갑고 몰인정하기에 남녀 간의 사랑도 마음먹은 대로 순행하기 어렵다. '님'과 '남'은 점 하나 차이가 아닌가? 사랑하며 부대끼다가도 느닷없이 운명이 끼어들어 두 사람 사이를 갈라놓는 수가 많으니, 남남끼리 만난 사랑의 연분이란 어찌 보면 아주 깊지만, 또 어찌 보면 제일 가볍기도 한 것이다.

화자는 이 글의 말미에서 "원점이 그리워 내가 울고 있는가"라며 "까치가 울지 않고 따라왔기에 나는 해 질 녘 아름다운 하늘 아래 서 있으련다"라고 하였다. '원점'은 아마도 사랑하던 시절의 꿈같은 순간들을 뜻하지 않을까? 그러나 "까치가 울지 않고 따라왔기에 나는 해 질 녘 아름다운 하늘 아래 서 있으련다" 하였으니, 사랑하는 이의 애원으로부터 벗어날 때 비로소 자유로울 수 있다는 역설적 의미를 함축하고 있으리라.

이러한 화자의 시적 환경은 마치 김소월의 '애이불비(哀而不悲)' 정서를 떠올리게 한다. '내심으로는 무척 슬프지만 그것을 감추고 겉으로 드러내지 않는다'는, 한국 여인의 독특한 이별 정서를 담고 있다는 말이다.

이 글은 이러한 심오한 사랑 정서와, 층층이 쌓인 여한과 갈등을 함축적으로 나타낸 고백적인 시상이기에, 몇 번이고 되뇌어 보고 싶은 인상 깊은 시이다.

3. 사랑과 고독, 그 성숙한 그리움의 고향

조 시인님의 작품세계 속에는 나이 든 이의 구태의연한 소위 '꼰대 정신'은 찾아보기 힘들다. 그렇다고 극히 보수적이거나 진보적이지도 않다. 그저 젊은이의 사랑 체험처럼 푸르고 신선하기만 하다. 단지 그 곡진한 사랑 체험의 고백이, 연륜이 쌓인 성채처럼 깊고 그윽하여 성숙한 그리움의 향내가 읽는 이의 가슴을 친다.

사랑은 예민하여 작은 바람에도 흔들리며 반드시 상처와 고독을 수반하게 된다. 다만 그 후유증을 받아들이는 자세는 지성과 이성, 그리고 감성과 인품에 따라 천차만별이다. 일반적으로 남성은 이성, 여성은 감성적인 면이 강하다고 하나, 조 시인님은 이성과 감성을 고루 겸비하고 그 사이에서 갈등하는 자아의 모습을, 성숙한 그리움의 세계에서 서성이는 자화상으로 아주 인상 깊게 잘 그려 내고 있다.

A
그에게
떠난 지 오래됐다 해도 / 멀다 / 너무 멀다

가까이할 사람이 없다
길거리에 나서니 / 수많은 사람 오가는데
찾아보아도 / 아는 사람 없다
오래된 나인지라 / 혹시 / 기억나거든
꿈속에서라도 몇 자 적어 보내 다오
뭐라고 쓰냐 하면 / "당신을 사랑하오"
라고
-「꿈 편지」 전문

B
먼동이 틀 때 찬란함도 한순간 / 해가 지니 쓸쓸하다
조각 달빛이 / 그래도 / 어둠을 달래고 내리는 밤

꿈을 꾸고 꿈을 안고 맺어 온 사연들 / 빛바랜 지 오래되어
더 걸어갈 길이 없어 지팡이도 / 버려야 했고 버려졌다
지난 세월이 아까워 한탄한들
지워지더라

약속하고 뿌린 인연 / 꿈인 것을
가슴 아픈 상처만 남기고 / 비가 내려야 지워지더라

홀로 나를 안고 / 울적한 마음에
먼 검은 하늘 바라보다 털썩 주저앉아 옛 생각 손꼽아 세어 보니
시간은 없어지고 공간만 남아 / 서러워도 영혼은 웃고 있다
–「꿈인 것을」 전문

'꿈'은 다양한 의미를 함축하고 있는 문학적 시어다. 특히 사랑 체험의
노래에서 자주 등장하는 시어인데, 황진이의 시 「상사몽(相思夢)」의 꿈
이 대표적이다. 그리고 조선판 「가시리」를 연상케 하는 「원이 엄마의 한
글 편지」(1586년 작, 1998년 안동 무덤 이장 과정에서 발견)에서도 죽은
남편(이응태)을 향해, '꿈속에서라도 다시 만나 보고 싶다'는 절절한 사
랑 표현을 하였다.

글 A는 사랑하는 임을 떠나보내고 가까이할 사람도 없이 홀로 지내면서 밀려드는 외로움을 참을 수 없어 그 고독한 심경을 편지 형식으로 읊어 낸 글인데, '꿈속에서라도 사랑한다고 몇 자 적어 보내' 달라는 호소가 마치 「원이 엄마의 한글 편지」 사연과 흡사하여 잔잔한 감동을 안겨 준다.

글 A가 소망의 빛을 안고 있다면 글 B에는 어둠이 짙다. 화자는 "꿈을 꾸고 꿈을 안고 맺어 온 사연들 빛바랜 지 오래되어" "가슴 아픈 상처만 남기고 비가 내려야 지워지더라"라고 고백한다. 홀로 자신을 안고 울적한 마음에 멀리 검은 하늘 바라보다 털썩 주저앉아 옛 추억을 손꼽아 보니, 시간은 없어지고 공간만 남더라고 술회하고 있다. "비가 내려야 지워지더라"는 외부적 환경의 힘을 빌어 자신의 허탄한 심정을 씻어 보고자 하는 심리에서 나왔을 터이다. '시간은 없어지고 공간만 남았다'는 표현은 허무의 공간에 홀로 남아 있는 실존의식을 염두에 둔 말로서, 이러한 시상 전개는 꿈꾸던 지난 세월이 모두 한낱 일장춘몽에 불과하였다는 무상감을 잘 드러낸 표현이리라.

특별히 이 시의 말미에, "서러워도 영혼은 웃고 있다"라고 하였는데 이는 자아의 외롭고 슬픈 마음을 스스로 위안해 보고자 하는 자위 심리에서 우러난 긍정적 표현이라고 생각된다.

우수의 계절 길 떠나가는 곳
사람들이 지나갔기에 길이 있어
다정한 사람들이 걸었던 길이라기에 / 그 마음에 안고 걷는다오
산속 길가 / 나뭇가지 끝에 부는 바람 소리 정든 소리이고

나뭇잎에 떨어진 빗물은 정을 주는 눈물일까

발걸음 자국마다 따라 걸을 때 웃음꽃이었는데

뒤돌아선 발자국에는 찬 이슬이 내렸소

생각나지 않는 먼 이야기들 / 무슨 소용 있기에

오늘도 / 가는 길 / 그 길을 걸었소

혼자서 걷는 길이라서 / 뒷짐 지고 걷고 있다오

－「이 사람아」전문

　조 시인님 시의 주제적 요체는 모두 '그리움'과 '외로움'이다. 그리움과
외로움은 상관관계이며, 시인은 그것을 날개로 삼아 명시의 공간을 날
아다닌다. 릴케가 표명했듯이 모든 글들의 발단은 체험인데, 농익은 사
랑 체험을 한 시인이 시를 쓰면 자신도 모르게 사랑 감성의 시구들이 줄
줄줄 흘러나오게 된다. 조 시인님의 글들은 체험적 밑거름을 바탕으로
그 성숙한 그리움과 외로움의 고향에서, 농익은 사랑과 고독의 감성이
줄줄줄 흘러나오고 있다.

　이 글의 제목을 「이 사람아」라고 하는 것으로 보아 그이는 고백의 대
상일 것이다. 사랑하는 이에게 옛 추억을 따라 웃음꽃을 피우며 걷던
그 길을 걷고 있다 하였으니 받아들이는 상대방의 마음은 어떠하였을
까? 비록 뒤돌아선 발자국에는 찬 이슬이, 눈물이 뿌려졌다 하지만 오
늘도 가는 길 그 길을 걷고 있다 하니, 잊지 못하는 사랑의 끈끈한 옛정
이 그 얼마나 곡진하였으랴! 뒷짐 지고 걷는 행위는 손잡고 함께 걷던
옛 추억과는 동떨어진, 나이 들어 처량하고 고독한 백두옹의 자화상을

상징하리라.

4. 석별의 애이불비적(哀而不悲的) 정한과 마음 다스림

사람의 축복 중에서 가장 큰 축복은 '만남의 축복'이 아닐까? 누구를 만나느냐에 따라서 운명이 결정되니 그럴 법도 하다. 조 시인님의 이번 시집의 특징은 정인(情人)과의 만남과 헤어짐이라는 명제 아래, 거기서 파생된 미움과 고움, 고독과 회한 등 갖가지 심리적 사연들이 주조를 이루고 있다.

인생 경륜이 지긋하심에도 불구하고 그러한 사연들을 전편에 걸쳐 젊은이 못지않게, 감성적으로 어색하지 않게 신선감 있게 표현해 낼 수 있었음은 작가의 성숙한 감정 다스림의 미학이 작용했기 때문이라고 생각된다. 시적 대상도 시상의 분위기에 따라 '너', '당신', '그대', '사람' 등 다양하게 등장하는데, 이것은 감성의 표현이 어투에 따라 변화되는 작가마다의 '문채(紋彩)'와 관련된 것으로서, 자신의 시적 감성을 진솔하게 드러내기 위한 작가의 유려한 기교라고 생각된다.

당신이 왔다가 떠났기에 / 시간이 흘러가도 공간은 남아 있어
이것저것 흐트러진 마음 / 바람결에 묻혀 어디론가 가 버리고
잊지 못할 사람들의 얼굴조차 / 왜인지 몰라도
알고도 모른 체해야 했나

밤새도록 켜 놓은 촛불은 / 당신을 위해

마음을 녹여 불빛을 밝혔지만 / 녹아내린 눈물만 가득하다

어제 같던 많은 것들은 / 만지려 해도 부서져 흩어지고
흔적이 없다

밤새도록 내리는 밤비에 / 모든 것 앗아 가 버린
텅 빈 마음
아련히 남은 기억 속에서 / 망각의 세계로 가고 싶어
애쓰지만
잊히지 않은 것들이 / 잠들지 못하게 한다

허공에 헤매는 그대 마음의 창 / 보이지 않아
숨 쉬는 창문을 열어라 외치지만
마음은 진화하지 못한다
당신의 마음이 보이는 창문을 열어 다오
두 손 모아 기도한다
 -「마음의 창」전문

　이 글에 등장하는 그리움의 대상은 '당신'이다. 이 글은 그리운 이와 헤어진 후 그 공허한 마음과 슬픈 감정을 읊어 낸 글이다. 떠났어도 그 자리, 그 공간은 남아 있고 밤새도록 켜 놓았던 촛불은 눈물로 녹아내리고 함께했던 많은 것들은 만지려 해도 부서져 흩어지고 흔적도 없다. 미움과 고움이 교차되는 텅 빈 마음, 남아 있는 잔상을 지우고 망각의 세계로

돌아가고 싶어 애쓰지만, 그 잊히지 않는 잔상들이 잠을 못 이루게 하니, 오매불망 밤새우며 전전반측할 뿐이다.

이 글을 읽으면 정에 약한 보통 사람의 끈끈한 인간미를 느끼게 한다. 이 글의 제목이 「마음의 창」인 것으로 보아, 아직까지 작중의 화자는 '마음의 창'을 닫지 못한 것으로 보인다. 창을 닫지 못하고 먼 하늘을 바라보면서 은연중에 그리운 임을 불러 보고 있는 화자의 모습이 눈에 선하게 비치는 감동적인 글이다.

> 떠날 때 슬퍼하는 것은 / 아쉬움에서
> 떠날 때 웃고 떠난 것은 / 울고 싶어서
> 그래서 / 슬픈 것 / 웃는 것
> 다 잊어버리고 사는데
>
> 들풀을 밟고 오더니 / 달은 밝고 별빛은 반짝인다고 하고서
> 보이지 않는다
>
> 너는 내 손을 놓아도 / 나는 네 손을 안다
> 먼 훗날 피부가죽이 뼈만 싸 들고 다니다 보면
> 거기에 그려져 있어 보이니
> 그때서야 울 거야
> ─「훗날」 전문

이런 글들을 읽고 이 글이 팔십 중반의 어르신이 쓴 것이라고 생각하

268

는 독자들이 얼마나 있을까? 마음이 청춘이기에 대상도 '당신'이 아닌 '너'이고, 글도 늘 푸른빛이라 놀라움을 금치 못한다.

세종 때, 허조(許稠)라는 늙은 정승이 신동(神童)이라 이름났던 5세의 매월당 김시습(金時習)을 불러 놓고, '늙을 노(老) 자'를 넣어 시를 지어 보라고 시험했을 때, 김시습은 즉석에서 "노목개화심불로(老木開花心不老)"라고 지어 주변을 놀라게 하였다. "늙은 나무에 꽃이 피었으니, 마음은 늙지 않았구려"라는 뜻이다. 이 얼마나 신선한 착상이며 놀라운 비유인가! 조 시인님의 젊은 글들을 읽으면 이 매월당의 글이 떠오르는 것은 결코 우연이 아니다.

이별할 때 웃는 것은 우는 것이고, 너는 내 손을 놓아도 나는 네 손을 알고, 먼 훗날 앙상한 뼈만 잡히는 몰골로 변했을 때 그때에서야 울 거라니. 매정한 듯하나 역설적이고, 속가슴은 다 타들어 간 애이불비의 정한이기에 가슴 찡한 감동을 준다.

그림자가 지워졌기에 / 올 수 없는 사람

잊어버리고 / 열정의 뜨거운 가슴 떠나 버린
허상 / 하도 애태우다가 / 자신에게 돌을 던졌다

못난 놈 / 원숭이가 웃는다 / 나도 웃었다
풀 뜯던 소가 옆눈으로 웃는다
그래도 / 그 그림자를 사랑한다

해가 뜨면 그 그림자가 있고 / 해가 지면 그 그림자는 없고

그림자가 영원히 사라진다면 / 그림자가 영원히 있어 준다면

선택의 힘이 없어질 것이다 / 그림자에 묻혀 살지 않을 것이다

그리운 마음일망정 있어야지 / 정마저 그늘진다면 어떡하나

아직도 / 눈동자에 지워지지 않는 슬픈 그림자

그리워도 / 그을린 지난날 흘려보냈으니

지금은 / 미소 짓는 그림자를 보고 싶다

– 「그림자」 전문

이 글에서 '그림자'의 실체는 과연 무엇인가? 그마저 지워질까 두려워 전전긍긍하는 시심으로 보아 아마도 작별한 '그리운 임'일 것이다. 이 글의 서두에서 화자는 그림자가 지워졌기에 올 수 없는 사람이라고 하였지만, 아직까지도 그 마음속에는 '슬픈 그림자'로 자리 잡고 있다.

조 시인님의 글을 선명히 이해하려면 고백적으로 흘러나오는 의식의 흐름 속에서 불거져 나오는 반어적인 이별의 애이불비(哀而不悲) 시심을 잘 감지해 내야 한다. 화자는 이 글에서 그리움의 울안에서 허덕이는 자아의 모습이 부끄러워 원숭이가 비웃고 풀 뜯던 소도 눈 흘기며 비웃는다고 하였다. 그러면서도 화자는 마치 소월(素月)이 「진달래꽃」에서 "죽어도 아니 눈물 흘리우리다"라고 한 것처럼 결코 '그림자에 묻혀 살지 않겠다'고 하니, 그 뼈아픈 작별의 여한이 애처롭기만 하다.

5. 일상화된 고독, 그리고 흔들리며 피워 낸 소망의 꽃

고독과 그리움, 그리고 마음 흔들림은 글쓰기의 원동력이다. 켜켜이 쌓인 쓰라린 인생 체험과 사랑 체험들은 작품에 진실성을 더해 주는 밑거름이 되어서 명품으로 반짝반짝 빛을 발하게 된다.

조 시인님의 작품 세계를 세밀히 들여다보면 상당히 많은 심리적 갈등과 흔들림이 여기저기서 작품의 줄기와 꽃이 되어 아름다운 숲을 이루고 있음을 알 수 있다. 조 시인님의 작품 세계의 특징은 한마디로 도종환 시인의 「흔들리며 피는 꽃」을 연상케 한다. 흔들리면서 피는 꽃이 참꽃이니, 사실, 인간이 흔들리지 않고서야 어찌 감성이 풍부해질 수가 있으며, 작품의 꽃을 피울 수가 있단 말인가?

조 시인님의 고독은 일상화된 듯하다. 그러나 흔들리며 피워 낸 그의 글 속에는 곳곳에서, 현실 탈출 심리와 피안의 이상향을 추구하는 마음과 새로운 소망의 의지가 드러나 있어 또 다른 일면을 보여 주고 있다. 아무리 서러워도 영혼은 맑고 밝게 웃고 있는 것이다.

갈 사람은 갔고
올 사람은 없다

빈방에 공기만 가득하니
속삭임도 없다

답답한 가슴

문 열어 놓았으니
　　새 한 마리라도 날아들소
　　－「빈집」 전문

　이 글을 읽으면 체념한 듯, 초월한 듯 오묘하지만, 창문을 열어 놓고 여유롭게 누군가와 정담이라도 나누고 싶어 하는, 외로운 달관자의 열린 마음을 인식할 수 있다.

　이 글에서 '빈집'은 외로움과 기다림을 함축한 시어이고, 비어 있기에 아무라도 다 받아들일 수 있다는 뜻일 터이며, '새 한 마리'는 외로움을 달래 주는 벗이라면 자연이건 사람이건 아무라도 다 좋다는 대유적 표현이리라.

　비록 아주 간단하지만, 온갖 세상 풍파를 다 겪어 낸 작가의 달관적 처세 철학이 짤막한 시구에 담겨, 간결미와 함께 함축적, 압축적으로 선명히 드러나 있어 퍽 인상 깊은 글이다.

　　대지가 목말라 애태울 때 / 땅 및 생명이 인연을 기다릴 때
　　내가 봄비를 기다릴 때 / 벚꽃이 필 때쯤
　　잊혔다가 생각나는 사람 보고플 때 / 봄비가 조용히 내린다
　　강물 위에 빗물 자국 만들고 / 촉촉이 내린다

　　봄꽃이 피어나서 / 내리는 봄비는 꽃잎을 깨끗이 씻어 주니
　　날 좋은 날 벌 나비 여보를 만나러 갈 거다
　　－「봄비가 오는 사연」 중에서

이 글을 읽으면 맑고 밝은 소망적 화심이 저절로 피어오른다. 작품으로 육화된 시기가 이별이 아닌 만남의 기대에 부풀어 있을 때에 이루어진 것인지는 모르나, 낮과 밤이 연속하듯이 만남과 헤어짐이 다 하나라는 대도무문의 경지로 인식한다면 이 글은 상당히 밝은 얼굴이다. 일찍이 불가에서도 '회자정리(會者定離)요, 거자필반(去者必返)이라' 하지 않았던가?

이 글에서 화자는 '봄비가 내리고 벚꽃이 필 때쯤이면 그리운 이가 더 생각난다'고 하면서, 봄비는 꽃잎을 더욱 깨끗이 씻어 주니 좋은 날을 택해 '여보를 만나러 갈 것'이란다. 어둠과 밝음이 뫼비우스의 띠처럼 돌아가는 인생 역정, 조 시인님의 시풍이 대체적으로 이별에 따른 서럽고 어두운 감성의 색깔이 짙다고 본다면, 이러한 글들은 작가의 또 다른 일면을 엿볼 수 있으니, 소망에 찬 맑고 밝은 청심이 읽는 이의 가슴에도 푸르고도 산뜻한 봄비가 내리게 한다.

지금까지 조영두 시인님의 작품 세계를 특징 있고 인상 깊은 시들을 중심으로 살펴보았다. 하나의 문학 작품이 작가 인생의 발자취요, 자화상이라면 조 시인님의 글은 그 대표 작품만을 통해서도 작가의 인생관과 성향을 감지할 수 있는 아주 색깔 짙고 향기가 진동하는 독특한 필적이다.

팔십 중반의 지긋하신 연세임에도 불구하고, 젊은이 못지않은 색다른 애이불비(哀而不悲)의 한국적 정한과 춘심(春心)이 놀라움을 금치 못하게 하며, 그 중후한 신선감과 성숙한 깨달음의 미학이 수준이 높아, 읽는 이의 가슴에 물빛 정서를 제공해 주고 있어 큰 감동을 선사해 준다.

모쪼록, 이 한 권의 시집이 사랑에 목마르고 온정에 허기져 있는 많은 이들의 가슴에 반가운 봄비가 되어 촉촉이 적셔 주길 바란다.

계묘년 삼일절에, 효봉(曉峯) 撰

까치는 안다

ⓒ 조영두, 2023

초판 1쇄 발행 2023년 4월 21일

지은이   조영두
펴낸이   이기봉
편집   좋은땅 편집팀
펴낸곳   도서출판 좋은땅
주소   서울특별시 마포구 양화로12길 26 지월드빌딩 (서교동 395-7)
전화   02)374-8616~7
팩스   02)374-8614
이메일   gworldbook@naver.com
홈페이지   www.g-world.co.kr

ISBN   979-11-388-1834-6 (03810)